생각을 키우는

진 짜 진 짜

# 독서논술

1권

초등 1학년

SiSO
study

## 저자 박현창

한양대학교 국어교육과를 졸업하고 독서교육의 선구자인 박영목 교수님을 사사했습니다. 대학 졸업 무렵 은사의 권유로 국어 교재 연구에 뛰어들었고, 국어 교재 기획과 개발에서 영향력 있는 전문가로 활동하고 있습니다.

저서로는 〈기적의 독서논술〉 전 12권, 〈어휘 바탕 다지기〉 전 4권, 〈한자 어휘 바탕 다지기〉 전 4권, 〈퀴즈 천자문〉 2,3권, 〈퍼즐짱 한자박사〉가 있습니다.

재능한글, 재능국어 초중등 프로그램, 재능국어 읽기 학습 프로그램, 제6차 교육과정 고등학교 독서 교과 2종을 개발하였고, 중국 선전 KIS 국제학교 교사, 중국 선전 삼성 SDI 교육 자문 위원으로 활동했으며, 하브루타 창의인성 교육연구소 이사로 활동 중입니다.

## 저자 장성애

교육학을 연구하고 물음과 이야기가 있는 개념 있는 삶을 지향하는 하브루타 코칭과정을 개발했습니다. 독서, 학습, 토론, 상담, 머니십교육 등을 진행하며 마음샘 교육심리 연구소와 하브루타 창의인성 교육연구소 소장으로 활동 중입니다.

저서로는 〈영재들의 비밀습관 하브루타〉, 〈질문과 이야기가 있는 행복한 교실〉(공저), 〈엄마 질문공부〉가 있습니다.

유아부터 성인까지 다양한 학습자들을 만나면서 부모 교육과 교사 연수를 비롯해 각 교육 기관, 사회 기관, 기업 등에서 강의하고 있습니다.

초판 발행 2020년 10월 30일

초판 3쇄  2024년 01월 22일

**글쓴이** 박현창, 장성애

**그린이** 박정제, 이성희, 김유강

**편집** 김아영

**기획** 한동오

**펴낸이** 엄태상

**디자인** 이건화

**마케팅 본부** 이승욱, 왕성석, 노원준, 조성민, 이선민

**경영기획** 조성근, 최성훈, 김다미, 최수진, 오희연

**물류** 정종진, 윤덕현, 신승진, 구윤주

**펴낸곳** 시소스터디

**주소** 서울시 종로구 자하문로 300 시사빌딩

**주문 및 문의** 1588-1582

**팩스** 02-3671-0510

**홈페이지** www.sisostudy.com

**네이버 카페 시소스터디공부클럽** cafe.naver.com/sisasiso

**이메일** sisostudy@sisadream.com

**등록일자** 2019년 12월 21일

**등록번호** 제2019-000149호

ⓒ시소스터디 2020

ISBN 979-11-970830-5-1 63800

    우리 아이들이 이미 접어들었고 살아가야 할 세상을 흔히 지식정보화 사회, 지식혁명의 시대라고 합니다. 그래서 고도의 이해와 표현 능력, 논리적이고 창의적인 듣기 · 말하기 · 읽기 · 쓰기가 요구됩니다. 사회와 학교에서 국어 교육의 중요성을 새삼 인식하게 된 까닭이 여기에 있습니다. 논리적이고 창의적인 언어 사용이란 이치에 맞게 조리 있게 말과 글을 쓰는 것이고 나아가 이미 존재하고 있었으나 미처 깨닫지 못했던 이치를 발견해 내는 것입니다. 요약하면 지식과 지혜입니다. 지식이 아는 것이라면 지혜는 그 앎을 적용 또는 활용하는 것입니다. 이 시대는 지식에서 추출하고 정제한 지혜가 더욱 필요한 때입니다. 지혜로운 듣기 · 말하기 · 읽기 · 쓰기가 세상과 사람에 대한 근본 원리를 이해하는 데 값어치를 합니다.

    그러나 국어 교육이 여전히 지혜보다는 지식에 편중되어 있음이 참 안타깝습니다. 지식을 외고 저장하기에 정신없이 바쁩니다. 물론 지혜의 바탕은 지식입니다. 하지만 딱 지식에만 머물러 있어서 교육에 들이는 노력과 비용이 아깝기만 합니다.

    지향할 가치가 바뀌었으니 당연히 그것을 성취할 방법과 평가도 바뀌어야 합니다. 이전 세대에게 적용되었거나 써먹었던 가치, 방법과 평가가 주는 익숙함의 관성을 탈피해야 합니다.

    논리적이고 창의적인 사고력은 사실 아이들이 어른들보다 훨씬 낫습니다. 서너 살 먹은 아이들을 보세요. 무엇인가 끊임없이 묻고 이해하려 듭니다. 그리고 시인의 감수성에 버금가게 감동적으로 표현합니다. 다만 어른들이 이해하지 못하고 받아들이기 껄끄러워할 뿐입니다. 어른들의 생각맞춤법에 어긋난다고 하여 얕잡아보고 무시해 왔지만 철학은 언제나 그들의 논리와 창의가, 지식과 지혜가 마땅하고 새삼 놀랍다고 증명합니다.

    그래서 해결책은 의외로 뻔하고 쉽습니다. 아이들에게 마음껏 의견을 내놓고 따지고 판단하는 토론의 멍석을 깔아주는 것입니다. 여기에 딱 한 가지 '고도'의 기술이 필요하기는 합니다. 아이들의 듣기 · 말하기 · 읽기 · 쓰기와 이를 바탕으로 한 토론에 그저 토닥토닥 격려하고 긍정의 추임새를 넣어주며 존중해 주는 것입니다. 그래서 이 책을 내놓습니다.

저자 **박현창**

3

## 1 진짜진짜 독서논술은 어떤 책인가요?

질문과 대화, 토론과 논쟁을 통해 창의적으로 답을 찾는 하브루타 학습법을 도입한 독서논술 학습서예요. 주어진 논쟁거리에 자유롭게 묻고 답하며 생각을 마음껏 키울 수 있어요. 더불어 읽기와 쓰기, 어휘 문제를 풀면서 국어력도 키워 줘요.

진짜진짜 독서논술은 언어 능력을 개선해서 사고력과 창의력을 키워 말과 글로 자기 생각을 표현할 수 있는 능력을 기르는 학습서예요.

## 2 하브루타 학습법이 무엇인가요?

하브루타는 짝을 지어 서로 질문을 주고받으며 공부한 것에 대해 논쟁하는 유대인의 전통적인 토론 교육 방법이에요.

정해진 답을 찾는 게 아니라 쟁점에 대해 다양한 생각과 시각을 나누는 창의적인 학습법이죠. 질문을 주고받는 과정에서 자신이 아는 것과 모르는 것을 인지해서 부족한 점을 보완하는 메타인지 능력도 키울 수 있어요.

하브루타 학습법은 사고력을 기르는 데 적합한 공부 방식으로, 우리 책은 토마토 모양에 하브루타식 질문을 담았어요.

## 3 왜 토마토 모양에 하브루타식 질문을 넣었나요?

토마토는 '토닥토닥 마음껏 토론하기'를 줄인 말이에요. 하브루타 토론을 마음껏 해 보기를 바라는 마음을 담은 표현이지요. 질문은 다섯 가지 유형으로 나눠지는데, 이 유형은 바로 사고력을 다섯 가지로 구분한 거예요. 사고력의 다섯 가지 유형은 다음과 같아요.

| 사실적 이해 | 추론적 이해 | 비판적 이해 | 창의적 이해 | 논리적 이해 |

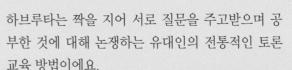

토닥토닥 마음껏 토론해 봐

# 4 사고력의 다섯 가지 유형을 소개합니다.

## 사실적 이해

읽은 내용을 사실 그대로 이해하고
표현하는 것

 **사실**

**1** 임금님은 무엇이 알쏭달쏭했을까요? 다음 문장에 알맞은 낱말을 써서
완성해 보세요.

 ☐☐☐ 이(가) 있는지 없는지 알쏭달쏭해.

## 추론적 이해

직접 드러나지 않은 내용이나
생략된 부분을 이해하고 표현하는 것

 **추론**

**1** 늑대가 개를 부러워한 이유가 맞으면 O, 틀리면 X 하세요.

· 행복해 보여서 부러워.  ☐

· 사냥을 다녀서 부러워.  ☐

· 살이 통통하게 올라서 부러워.  ☐

## 비판적 이해

일정한 기준에 따라 옳고 그름,
좋고 나쁨을 가치 판단하는 것

 **비판**

**3** 여러분도 이상한 걸 만난다면 헤라클레스처럼 걷어찰 건가요? 동그
라미 치고 그 이유를 말해 보세요.

 나도 헤라클레스처럼
할 거야.

**예!** **아니요!**

 나는 헤라클레스처럼
하지 않을 거야.

## 논리적 이해

원인과 결과를 논리적인 규칙과
형식에 맞게 이해하고 표현하는 것

 **논리**

**3** 고오가 설명한 도깨비에 대해서 잘못 이해한 친구를 찾아서 X표 하세요.

 도깨비는 어두운 숲속
에서 만날 수 있어.

도깨비는
장난꾸러기야.

도깨비는 낮에
노는 걸 좋아해.

## 창의적 이해

읽은 내용을 바탕으로 상황과 조건에
맞게 생각을 창조하고 표현하는 것

 **창의**

**2** 여러분은 평소에 무엇이 알쏭달쏭했나요? 함께 이야기해 보세요.

나는 평소에
알쏭달쏭했어.

내가 생각하기에
아마도…

## 5 무엇을 읽고 문제를 푸나요?

읽는 건 정말 중요해요. 하지만 **무엇**을 읽는지는 더 중요해요. 선별되지 않은 글을 마구잡이로 읽으면 오히려 **독해력**을 기르는 데 방해가 되죠.

진짜진짜 독서논술은 오랫동안 읽혀 충분히 검증된 글감을 선택했어요. 또한 어린이 연령에 맞게 새롭게 각색해서 재미있게 술술 읽을 수 있어요.

## 6 어떤 글감을 골랐나요?

2015개정 교육과정은 창의융합형 인재가 갖춰야 할 여섯 가지 핵심역량을 제시했어요. **자기관리 역량, 지식정보처리 역량, 창의적 사고 역량, 심미적 감성 역량, 의사소통 역량, 공동체 역량**이에요.

진짜진짜 독서논술은 이 핵심역량을 기르는 데 적합한 글감을 선별했어요. 창의융합형 인재로 성장하는 데 필요한 스스로 활동에 참여하고 주제를 탐구할 수 있는 글감을 골랐어요.

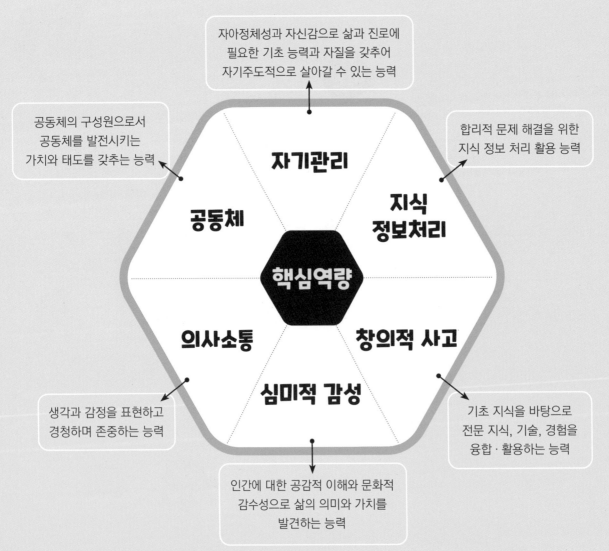

자아정체성과 자신감으로 삶과 진로에 필요한 기초 능력과 자질을 갖추어 자기주도적으로 살아갈 수 있는 능력

공동체의 구성원으로서 공동체를 발전시키는 가치와 태도를 갖추는 능력

합리적 문제 해결을 위한 지식 정보 처리 활용 능력

자기관리

공동체

지식 정보처리

핵심역량

의사소통

창의적 사고

심미적 감성

생각과 감정을 표현하고 경청하며 존중하는 능력

기초 지식을 바탕으로 전문 지식, 기술, 경험을 융합·활용하는 능력

인간에 대한 공감적 이해와 문화적 감수성으로 삶의 의미와 가치를 발견하는 능력

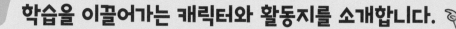

# 학습을 이끌어가는 캐릭터와 활동지를 소개합니다.

진짜진짜 독서논술은 창의융합형 학습을 주도적으로 해낼 수 있는 학습서예요. 학습이 어렵지 않도록 도움을 주는 캐릭터가 등장해요. 친근하고 재미있는 캐릭터를 따라가면서 즐겁게 학습할 수 있어요. 문제 해결에 도움을 주는 활동지도 있어요. 활동지를 적극적으로 활용하면서 학습에 도움을 받을 수 있어요.

이야기나라를 다스리는 가라사대왕은 너무 바빠요. 그래서 사건을 해결해 줄 어린이를 찾아 가리사니로 임명하지요. 가리사니는 사물을 판단하는 힘이나 능력을 뜻해요. 우리 친구들이 가리사니가 되어 이야기나라의 문제를 해결해 보는 거예요.

학습을 도와줄 친구도 있어요. 눈도 크고 귀도 커서 보고 들은 것이 많은 똑똑한 뿌토예요. 뿌토가 문제와 활동마다 등장해서 도움을 줄 거예요.

이야기의 줄거리를 미리 그림으로 살펴보는 활동지예요. 재미있는 그림을 보여주는 요지경 장난감처럼 진짜진짜 독서논술의 요지경도 즐거움이 가득해요. 직접 요지경을 만들고 재미있게 살펴보세요.

이야기에서 다룬 어휘를 선별해서 모아 놓은 낱말카드예요. 요지카의 어휘는 **서울대 국어 연구소**에서 제시한 **등급별 국어 교육용 어휘**에서 선별했어요. 난이도에 따라 별등급을 매겨 놓았어요.

7

# 우리 책의 구성을 소개합니다.

## 읽기 전 활동

### 준비하기

이야기를 이해하기 위해 배경지식을 확인하며
이야기에 대한 호기심을 높이는 활동

### 훑어보기

이야기에 나오는 그림을 먼저 보고 내용을
상상해 보면서 이해를 높이는 활동

## 읽기 활동

### 들어보기

주제를 생각하며 이야기를 직접 읽는 독해 활동

### 따져보기

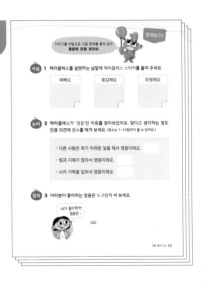

사고력을 기르는 하브루타식 문제를 풀어보며
토론해 보는 활동

- **읽기 전 활동**: 내용을 짐작하고 관련 정보와 사전 지식을 검토해 보는 활동
- **읽기 활동**: 이야기를 읽고, 문제를 풀며 사고력을 높이는 활동
- **읽은 후 활동**: 이야기를 창의적, 논리적으로 해석하며 생각을 키우는 활동

## 읽은 후 활동

**간추리기**

내용을 잘 이해하고 기억하는지 확인하는 활동

**짚어보기**

창의융합형 활동으로 창의력을 기르는 활동

**보고하기**

이야기의 주제를 창의적으로 해석해서 글로 표현하는 쓰기 활동

**어휘다지기**

주요 어휘와 낱말을 문제로 풀면서 익히는 어휘 활동

# 1권과 2권의 커리큘럼을 소개합니다.

| 권 | 장 | 제목 | 핵심역량 | 키워드 | 글감 | 관련 교과 |
|---|---|---|---|---|---|---|
| 1 | 1 | 화가 나! | 의사소통 | 감정 | 헤라클레스와 관련된 일화 | • [국어 1학년 2학기] 겪은 일을 글로 써요<br>• [봄 1학년 1학기] 씨앗이 자란 모습을 상상해 보기<br>• [봄 2학년 1학기] 마음 신호등 |
| | 2 | 누가 더 바보일까? | 자기관리 | 자유, 가치관 | 이솝 작품 | • [국어 1학년 2학기] 무엇이 중요할까요<br>• [가을 1학년 2학기] 내 이웃 이야기<br>• [사회 4학년 1학기] 보고서 쓰기 |
| | 3 | 도깨비를 본 임금님 | 지식정보 처리 | 발상의 전환 | 제나라 환공과 관련된 일화 | • [국어 2학년 1학기] 상상의 날개를 펴요<br>• [국어 1학년 1학기] 생각을 나타내요<br>• [국어 2학년 1학기] 마음을 나누어요 |
| | 4 | 믿음의 펌프 | 공동체 | 이기심, 이타심 | 오쇼 라즈니쉬 우화 | • [국어 4학년 2학기] 마음을 전하는 글을 써요<br>• [국어 1학년 2학기] 무엇이 중요할까요<br>• [국어 2학년 1학기] 말놀이를 해요 |
| 2 | 1 | 고양이 다리 | 창의적 사고 | 협동심, 책임감 | 고사성어 '묘각재판'에 전해지는 이야기 | • [국어 2학년 1학기] 낱말을 바르고 정확하게 써요<br>• [사회 4학년 2학기] 경제 활동과 현명한 선택<br>• [국어 2학년 1학기] 마음을 나누어요 |
| | 2 | 박쥐의 싸움 | 창의적 사고 | 문제 해결, 판단력 | 이솝 작품 | • [과학 3학년 1학기] 동물의 한살이<br>• [국어 2학년 1학기] 차례대로 말해요<br>• [국어 3학년 1학기] 의견이 있어요 |
| | 3 | 돌멩이 자리 | 자기관리 | 성찰, 반성 | 톨스토이 작품 | • [국어 2학년 1학기] 다른 사람을 생각해요<br>• [과학 3학년 1학기] 물질의 성질<br>• [국어 1학년 2학기] 겪은 일을 글로 써요 |
| | 4 | 팽이와 공 | 심미적 감성 | 아름다움, 관계성 | 안데르센 작품 | • [봄 2학년 1학기] 마음 신호등<br>• [국어 2학년 1학기] 상상의 날개를 펴요<br>• [봄 2학년 1학기] 나를 소개합니다 |

# 차례

## 깨톡! 메시지가 왔어요. 누구지?

나는 이야기나라의 가라사대왕이에요.

여러분에게 부탁이 있어서 깨톡을 보내요.

궁금하면 제 이야기를 읽어 주세요.

내가 다스리는 이야기나라는 아주 옛날부터 사람들의 머리와 마음속에서 이야기로 빚어졌어요. 사람뿐만 아니라 온갖 동물과 식물, 심지어는 하늘, 땅, 바다, 그리고 귀신과 도깨비도 함께 어울려 살아가지요. 그래서 참 재미있고 별난 일들이 많아요.

2장 **누가 더 바보일까?**

1장 **화가 나!**

하지만 골치 아픈 문제들도 자꾸 일어납니다. 사이좋게 지내다가 다투기도 하고, 서로 좋아하다가 미워하기도 하고… 에휴, 하루도 조용할 날이 없어요.

그럴 때면 모두들 나를 찾는답니다. 이게 무엇인지, 어떤 게 옳은지, 어느 게 진짜인지 가려 달라고 말이지요.

그런데 혼자서 해결하려니 힘들 때가 많아요. 그래서 여러분이 도와주면 좋겠어요. '가리사니'가 되어 주실래요?

'가리사니'는요, 나 대신 이야기나라를 돌아다니면서 억울하고 딱한 사정이 있는 백성들의 이야기를 들어 주는 일을 해요.

그리고 어떻게 하면 좋을지 '가리사니 보고장'에 써서 나에게 보내 주면 돼요.

가리사니 보고장을 쓰는 방법은 '뿌토'가 알려 줄 거예요.

○○○을
가리사니로
임명합니다.

# 안녕, 내가 바로 '뿌토'야.

난 부엉이처럼 눈이 엄청 커. 귀도 토끼처럼 크지. 그래서 잘 보고 잘 들어서 아는 것도 엄청 많아. 내가 너희들이 따져 봐야 할 것들을 콕콕 짚어 줄게.

먼저, 가리사니가 되면 '요지경'을 볼 수 있어.

'요지카'도 얻을 수 있고.

'가리사니 보고장'은 내가 하라는 대로 잘 따라오기만 하면 쉽게 꾸밀 수 있어. 그러니까 나만 믿고 잘 따라와!

요지경은
요술 거울 같은 건데,
앞으로 만나게 될 이야기의
줄거리를 보여 줘.

요지카는
요술 낱말 카드라고
생각하면 돼.
낯설거나 중요한 낱말을
익히는 데 쓰는 거야.

# 1장

# 화가 나!

헤라클레스가 화의 씨앗을 만났는데 좀 어리둥절하대.
무슨 일이 있었는지 알아보고,
**화의 씨앗이 무엇인지 가려내어 봐.**

# 씨앗과 열매

씨앗은 심으면 싹이 나고 커져서 열매를 맺어. '화' 씨앗을 심으면
어떤 열매를 맺을까? **생각해 보고, 그림으로 그려 봐.**

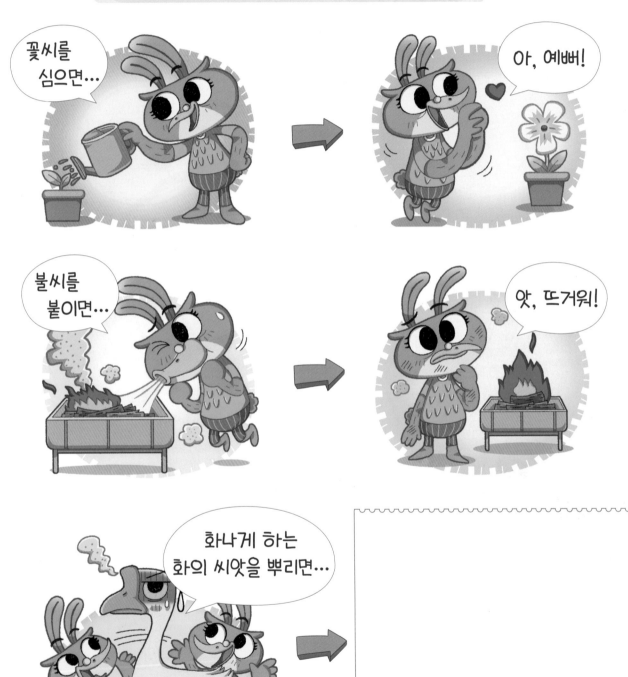

# 첫 번째 요지경

가라사대왕이 이야기나라의 보물, 요지경을 선물로 주었어.
**요지경을 보면서 무슨 일이 벌어졌는지 짐작해 보자.**

먼저, 전개도를 이용해서 요지경을 직접 만들어 보자. 활동지 1~4쪽

요지경에 있는 그림을 요리조리 살펴보자.

짐작되지 않거나
궁금한 그림에는 동그라미!

# 헤라클레스 이야기

이야기를 읽으면서, 중요한 낱말은 요지카로 익혀 보자.
**낱말에 요지카 번호를 써 봐.** 활동지 17쪽

"뭐, 그런 게 다 있는지 몰라. 끄응!"

저는 헤라클레스입니다. 그리스에서 가장 힘세고 용감한 영웅이지요.

뭐, 제 자랑 같지만, 다른 사람은 하기 어려운 일을

힘과 지혜로 해결해서 **무척** 유명해 졌어요.

지금 입고 있는 사자 가죽도 사람들을 괴롭히는

무서운 사자를 잡아서 얻은 것이랍니다.

그런데 무슨 일이냐고요?

진짜 괴물 같은 녀석을

만났거든요.

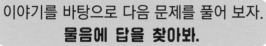 이야기를 바탕으로 다음 문제를 풀어 보자.
**물음에 답을 찾아봐.**

 **1** 헤라클레스를 설명하는 낱말에 헤라클레스 스티커를 붙여 주세요.

| 예뻐요 | 용감해요 | 유명해요 |

 **2** 헤라클레스가 '영웅'인 이유를 찾아보았어요. 맞다고 생각하는 정도 만큼 의견에 점수를 매겨 보세요. (점수는 1~10점까지 줄 수 있어요.)

- 다른 사람은 하기 어려운 일을 해서 영웅이에요. ☐

- 힘과 지혜가 많아서 영웅이에요. ☐

- 사자 가죽을 입어서 영웅이에요. ☐

 **3** 여러분이 좋아하는 영웅은 누구인지 써 보세요.

 내가 좋아하는 영웅은…

오늘 제가 못된 황소를 잡으러 산길을 가고 있었어요.

울퉁불퉁한 길을 한참 가고 있는데, 발밑에서 이상한

물건이 왔다 갔다 하는 거예요.

사과만 한 것이 귀찮게 하지 뭐예요.

'감히 이 헤라클레스가 가는 길을 막다니!'

그래서요, 저리 비켜라,

**버럭** 소리를 지르면서 그것을 걷어차 버렸어요.

그랬더니 어라, 녀석이 **훌쩍** 두 배로

커지지 뭐예요.

24

이야기를 바탕으로 다음 문제를 풀어 보자.
**물음에 답을 찾아봐.**

 **1** 처음에 헤라클레스는 이 물건을 어떻게 생각했을까요? 적당한 낱말에 동그라미 쳐 보세요.

| 귀찮다 | 화난다 | 신기하다 |

 **2** 사과만 한 물건을 헤라클레스가 걷어차자 커졌어요. 얼마나 커졌는지 그림으로 그려 보세요.

 **3** 여러분도 이상한 걸 만난다면 헤라클레스처럼 걷어찰 건가요? 동그라미 치고 그 이유를 말해 보세요.

나도 헤라클레스처럼 할 거야.

**예!**    **아니요!**

나는 헤라클레스처럼 하지 않을 거야.

신경질이 나서 이번엔 콱 밟아 버렸어요. 얼씨구, **납작** 찌그러질 줄 알았던 녀석이 무릎만큼 자라서 앞을 턱 막아서지 뭐예요.

"어쭈, **감히** 나한테 대들어?"

전 녀석을 노려보며 말했지요. 그리고는 가지고 다니던 몽둥이로 **힘껏** 내리쳤어요. 틀림없이 '퍽' 소리를 내며 깨질 줄 알았어요.

그런데 글쎄, 이 괴물 같은 게 깨지기는커녕 더욱 부풀어 오르지 뭐예요. 아주 산길을 막아 버릴 만큼요.

이야기를 바탕으로 다음 문제를 풀어 보자.
**물음에 답을 찾아봐.**

 추론 **1** 이상한 물건이 무릎만큼 자라자 헤라클레스의 마음은 어땠을까요?
적당한 낱말에 동그라미 쳐 보세요.

| 짜증 난다 | 화난다 | 재미있다 |

 창의 **2** 헤라클레스는 이상한 물건 때문에 신경질이 나자 그것을 노려봤어요.
여러분은 신경질이 나면 어떻게 하는지 경험을 이야기해 보세요.

나는 신경질이 나면…
노려봐.
너는?

나는 신경질이 나면…

 비판 **3** 헤라클레스는 이 이상한 물건이 '괴물'이라고 했어요. 여러분은 어떻게 생각하는지 아래에서 골라 색칠해 보세요.

괴물이다

괴물이
아니다

모르겠다

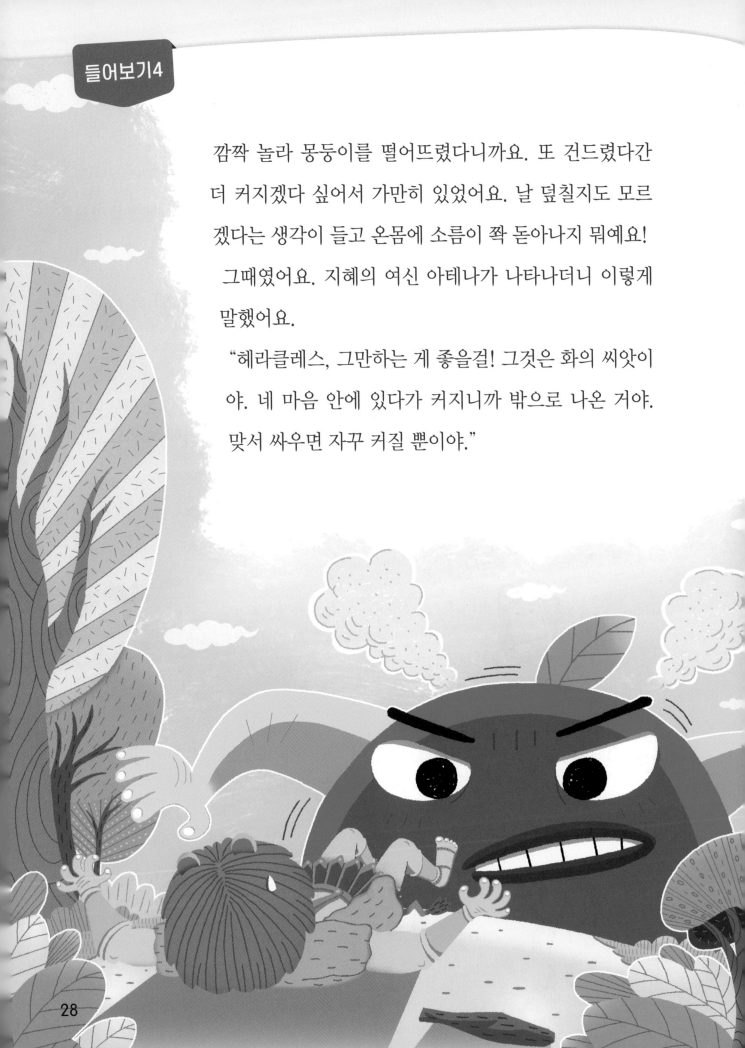

깜짝 놀라 몽둥이를 떨어뜨렸다니까요. 또 건드렸다간
더 커지겠다 싶어서 가만히 있었어요. 날 덮칠지도 모르
겠다는 생각이 들고 온몸에 소름이 쫙 돋아나지 뭐예요!
　그때였어요. 지혜의 여신 아테나가 나타나더니 이렇게
말했어요.
　"헤라클레스, 그만하는 게 좋을걸! 그것은 화의 씨앗이
야. 네 마음 안에 있다가 커지니까 밖으로 나온 거야.
맞서 싸우면 자꾸 커질 뿐이야."

이야기를 바탕으로 다음 문제를 풀어 보자.
**물음에 답을 찾아봐.**

 **논리** **1** 몽둥이를 떨어뜨린 헤라클레스의 표정은 어땠을지 스티커를 붙여서 완성해 보세요.

 **사실** **2** 아테나는 이 이상한 물건이 무엇이라고 했는지 낱말을 써 보세요.

헤라클레스, 그건 바로

　　　　의 씨앗이야.

 **창의** **3** 여러분의 마음 안에 있는 '화'의 씨앗은 무슨 색일지 생각해서 칠해 보고 그 색으로 칠한 이유를 말해 보세요.

"화의 씨앗?"

전 정말이지 처음 듣는 말이었어요.

"그래, 네가 화를 낼수록 자꾸 커지지. 지금이라도 **그냥** 내버려 둬.

그럼 다시 얌전해 질 거야. 하지만 자꾸 싸우면 자꾸 커지지.

나중에는 네 힘과 용기로도 어쩔 수 없는 것이 돼.

**결국** 네 앞길을 망치게 될걸."

전 말이죠,

좀 무섭기도 했지만 아리송했어요.

화의 씨앗, 그게 뭘까요?

왜 건드릴수록 커지는 걸까요?

왜 나중에 제 앞길을 망칠지도 모른다는 걸까요?

# 헤라클레스 이야기

헤라클레스가 이야기한 순서대로 정리해 보자.

**이야기 순서대로 번호를 써 봐.**

# 화난 헤라클레스

'화'의 씨앗이 점점 변할 때마다 헤라클레스는 얼마나 화가 났을까?
**헤라클레스의 마음을 낙서로 나타내 봐. 마구마구! 긁적긁적!**

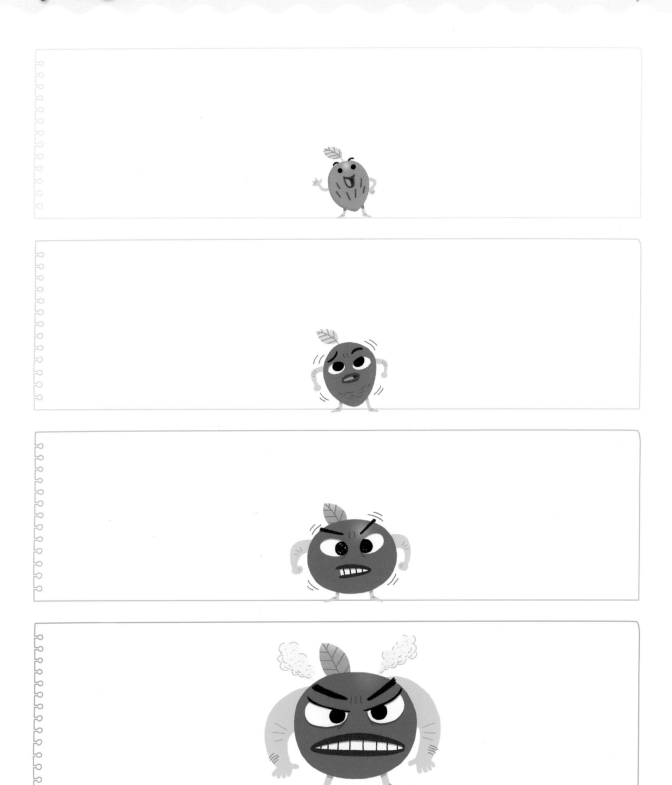

# 마음속의 화

헤라클레스의 마음 안에 있을 때 '화'의 씨앗은 어떤 모습이었을까?
**그림으로 그려 보고, 이야기해 봐.**

헤라클레스의
마음 안

# 화가 난 까닭

'화'의 씨앗이 왜 커졌을지 아테나의 질문과 헤라클레스의 답을 읽으며 생각해 봐. **길을 따라 가면서 읽고, 마지막 질문에 답을 써 봐.**

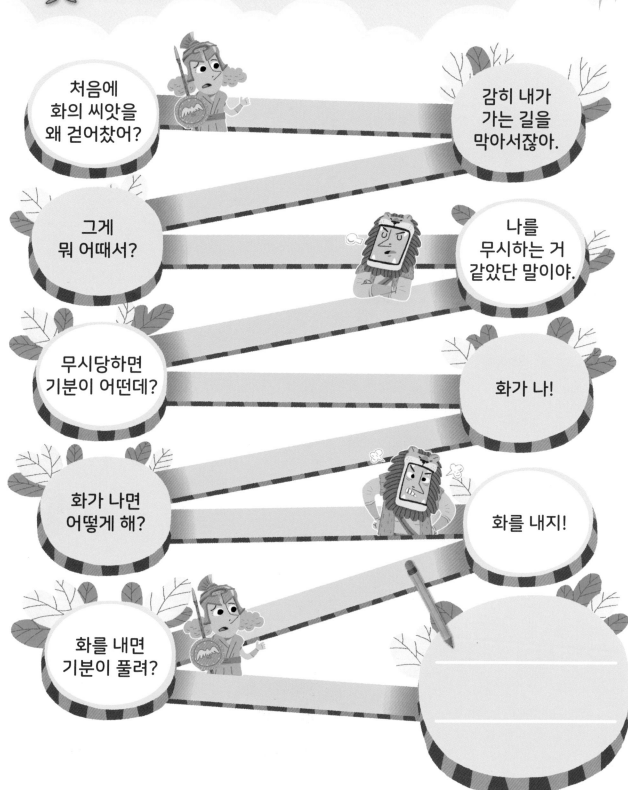

처음에 화의 씨앗을 왜 걷어찼어?

감히 내가 가는 길을 막아서잖아.

그게 뭐 어때서?

나를 무시하는 거 같았단 말이야.

무시당하면 기분이 어떤데?

화가 나!

화가 나면 어떻게 해?

화를 내지!

화를 내면 기분이 풀려?

# 속마음

헤라클레스와 '화'의 씨앗이 속마음을 이야기하고 있어. 이야기에서 '화'의 씨앗이 밖으로 나오게 된 이유를 찾아 **'화'의 씨앗 스티커를 붙여 줘.**

사람들이 나한테만 힘든 일을 시켜서 속상했어. 사자를 잡은 지 얼마 되지도 않았는데, 또 황소를 잡아오라고 하잖아.

산길을 걷는데 너무 짜증이 났어. 길이 울퉁불퉁하고 배도 고팠거든.

헤라클레스가 자꾸 짜증 내고 투덜거리니까 화가 났어.

나는 헤라클레스 마음 안에 있던 '화'의 씨앗이야. 내가 왜 밖으로 나오게 되었을까?

# 마음 씨앗들

사실 마음속에는 여러 씨앗들이 있어. 그런데 마음 씨앗들은 어떻게 밖으로 나오는 걸까? **마음 씨앗을 알맞은 곳에 선으로 그어 봐.**

슬픔

화나 죽겠어요!

기쁨

갖고 싶은 자전거를 선물로 받았어요.

미움

친구가 나랑 놀기 싫대요.

두려움

학교에 혼자 가면 길을 잃어버릴 거 같아요.

화

동생이 피자를 혼자 다 먹어 버렸어요.

# 다른 결말

헤라클레스가 아테나의 말을 들을 때와 듣지 않을 때 화의 씨앗의
모양은 어떻게 달라질까? **두 가지 상황을 상상해서 써 봐.**

🖉 아테나 말대로 화의 씨앗을 가만두었어. 그랬더니…

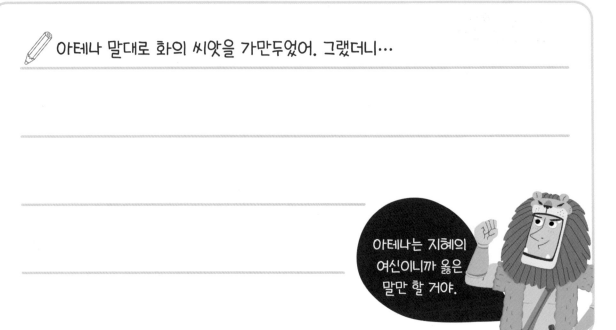

아테나는 지혜의
여신이니까 옳은
말만 할 거야.

🖉 나는 힘세고 용감한 영웅이야. 화의 씨앗을 가만두지 않았지. 그랬더니…

나 헤라클레스를
건드렸겠다! 좋아,
끝까지 해봐!

🔉 ✉ 💬 　　　　　　　　　09:30　　　　　　　　80% 🔋

# 가리사니 보고서

헤라클레스는 '화'의 씨앗이 무엇인지 모르겠다는데
너는 어떻게 생각해? **가라사대왕에게 네 생각을 알려 봐.**

**작성자** _____

**작성한 날짜** _____년 _____월 _____일

**보고 내용**　저는 '이야기나라'의 가리사니 _____입니다.

저는 '화'의 씨앗이 _____

_____ 생각합니다.

화의 씨앗이 커지면 _____

_____

위 내용은 모두
열심히 탐구한
제 생각입니다.

서명_____

# 헤라클레스 뒤풀이

헤라클레스가 낱말 퀴즈 뒤풀이를 열었어. 낱말 퀴즈를 풀어서
가리사니 힘을 다져 보자고. **요지카를 보면서 문제를 풀어 봐.**

**1** 네 낱말들 가운데 나머지 셋과 거리가 먼 낱말에 동그라미 쳐 보세요.

| 버 | 럭 | 트 | 럭 | 무 | 럭 | 펄 | 럭 |

**2** 헤라클레스가 흥얼흥얼 노래를 부르고 있어요. 가사를 보고 빈칸에 들어갈
알맞은 글자를 요지카에서 찾아 써 보세요.

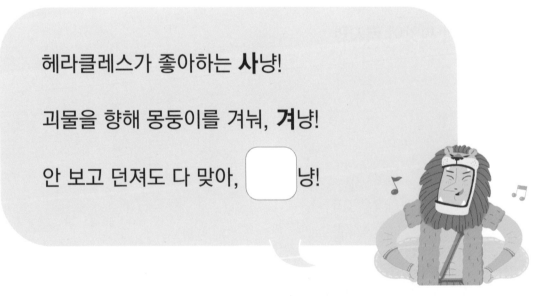

헤라클레스가 좋아하는 **사**냥!

괴물을 향해 몽둥이를 겨눠, **겨**냥!

안 보고 던져도 다 맞아, ☐ 냥!

**3** 짝 지은 두 낱말에서 느낌이 더 크고 힘이 센말에 색칠해 보세요.

· 바닥에 납작 / 넙적 엎드렸어요.

납작   넙적

· 계단에서 홀짝 / 훌쩍 뛰어내렸어요.

홀짝   훌쩍

**4** 헤라클레스가 쓴 일기의 일부분이 지워졌어요. 요지카에서 지워진 낱말을 찾아 쓰고, 일기를 완성해 보세요.

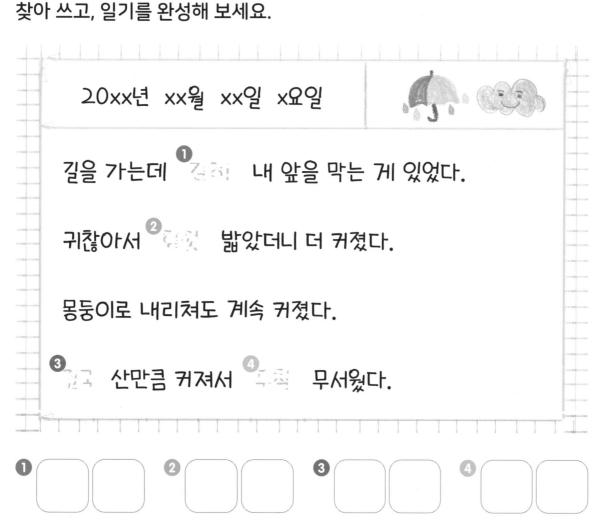

20xx년  xx월  xx일  x요일

길을 가는데 ❶ �꿈틀       내 앞을 막는 게 있었다.

귀찮아서 ❷ 콱콱       밟았더니 더 커졌다.

몽둥이로 내리쳐도 계속 커졌다.

❸ 점점       산만큼 커져서 ❹ 덜컥       무서웠다.

❶ ☐☐   ❷ ☐☐   ❸ ☐☐   ❹ ☐☐

# 2장
# 누가 더 바보일까?

늑대와 개가 서로 바보 같다고 다투고 있어.
개가 하는 이야기를 듣고 다투는 까닭을 알아보고,
**누가 더 나은지 가려내어 봐.**

# 어슷비슷 개

비슷하지만 다른 늑대와 개에 대해 생각해 보자. **다음 설명이 누구에 대한 것인지 알맞은 곳에 동그라미 쳐 봐.**

늑대

개

○ 산과 들에 살아요. ○

○ 스스로 먹이를 찾아요. ○

○ 주인이 있어요. ○

○ 사람과 함께 살아요. ○

○ 목줄을 하고 다녀요. ○

# 두 번째 요지경

가라사대왕이 이야기나라의 보물, 요지경을 선물로 주었어.
**요지경을 보면서 무슨 일이 벌어졌는지 짐작해 보자.**

먼저, 전개도를 이용해서 요지경을 직접 만들어 보자. 활동지 5~8쪽

요지경에 있는 그림을 요리조리 살펴보자.

짐작되지 않거나
궁금한 그림에는 동그라미!

# 개 이야기

이야기를 읽으면서, 중요한 낱말은 요지카로 익혀 보자.
**낱말에 요지카 번호를 써 봐.** 활동지 19쪽

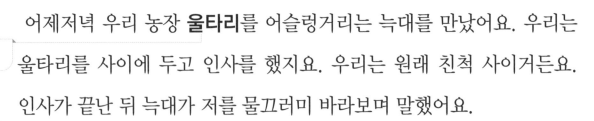

어제저녁 우리 농장 **울타리**를 어슬렁거리는 늑대를 만났어요. 우리는
울타리를 사이에 두고 인사를 했지요. 우리는 원래 친척 사이이거든요.
인사가 끝난 뒤 늑대가 저를 물끄러미 바라보며 말했어요.
"야, 넌 요즘 잘 지내나 봐, 어쩜 그렇게 살이 통통하게 올라 있어?"
늑대는 며칠 굶었는지 **홀쭉하게** 말랐어요.

이야기를 바탕으로 다음 문제를 풀어 보자.
**물음에 답을 찾아봐.**

 **1** 늑대와 개는 어떤 사이인지 알맞은 낱말을 골라서 동그라미 쳐 보세요.

친척          친구          이웃

 **2** 여러분이 좋아하는 친척은 누구인지 써 보세요.

보기                    나는 이모가 좋아요.

 나는 _____ 이/가 좋아요.

 **3** 늑대가 홀쭉하게 마른 이유가 무엇일지 생각해 보고 어울리는 그림에 동그라미 쳐 보세요.

"난 밤낮 사냥을 다녀도 힘든데 넌 행복한 것 같아. 부러워!"

"부러우면 나처럼 하면 되는데?"

전 늑대를 도와주고 싶었어요.

"그래? 어떻게 하면 되는 건데?"

늑대는 제 말에 귀를 **쫑긋했어요.**

"아주 쉬워. 낮에는 주인집을 돌보고 밤에는 도둑을 지키면 돼."

내가 하는 일을 알려 주었지요.

이야기를 바탕으로 다음 문제를 풀어 보자.
**물음에 답을 찾아봐.**

 **추론** **1** 늑대가 개를 부러워한 이유가 맞으면 O, 틀리면 X 하세요.

- 행복해 보여서 부러워. ☐

- 사냥을 다녀서 부러워. ☐

- 살이 통통하게 올라서 부러워. ☐

 **창의** **2** 여러분도 늑대처럼 누군가를 부러워했던 경험이 있을 거예요. 누구를 부러워했는지 쓰고, 부러워한 이유를 말해 보세요.

나는 _____ 이/가 부러웠어요.

왜냐하면…

 **사실** **3** 개가 낮에 하는 일과 밤에 하는 일에 맞게 낮☀ 밤🌙 스티커를 붙여 주세요.

주인집 돌보기 ☐          도둑 지키기 ☐

"겨우 그거야? 그럼, 나도 할래! 추워서 벌벌 떨고 배고파서 헤매는 건 이제 못 하겠어. 따뜻한 쉴 곳과 음식을 준다면 당장 할래."

신이 난 늑대는 저를 따라나섰어요.

그런데 주인집에 다 왔을 때였어요. 늑대가 내 **목덜미**의 상처를 보았나 봐요.

"너 거기 목덜미가 왜 그래?"

늑대가 고개를 **갸웃하며** 물었어요.

"꽤 아팠을 텐데, 무슨 일이 있었나 봐?"

이야기를 바탕으로 다음 문제를 풀어 보자.
**물음에 답을 찾아봐.**

 **1** 개가 하는 일을 늑대가 어떻게 생각하는지 맞는 문장에 동그라미 쳐 보세요.

아주 쉬운 일이다.

하기 싫은 일이다.

낮에는 주인집을 돌보고 밤에는 도둑을 지키면 돼.

 **2** 여러분이 하기 싫은 일과 하기 쉬운 일은 어떤 게 있는지 생각해 보고 말해 보세요.

내가 하기 쉬운 일은요…

내가 하기 싫은 일은요…

**3** 개를 따라 농장 안으로 들어가는 늑대의 마음은 어땠을지 알맞은 설명에 늑대 스티커를 붙여 주세요.

야호, 신난다!

글쎄, 이상해!

에이, 짜증 나!

"이거? 별거 아니야. 목줄 때문에 생긴 거야."

늘대가 꼬치꼬치 묻는 **바람**에 말해 줬지요.

그러자 늘대 녀석이 소리쳤어요.

"목줄? 목에 줄을 묶는단 말이야?"

전 까닭을 늘어놓았지요.

"생각해 봐. 나도 너처럼 좀 사납게 생겼잖아?
그래서 낮에는 주인이 나를 목줄로 매어 놓고 있
는 거야. 하지만 밤에는 괜찮아. 게다가 주인은
먹이도 챙겨 주지. 애들은 나랑 놀아 주지…."

이야기를 바탕으로 다음 문제를 풀어 보자.
**물음에 답을 찾아봐.**

 **1** 늑대의 물음에 답하는 개의 마음은 어땠을지 알맞은 설명에 개 스티커를 붙여 주세요.

귀찮아!

당황스러워!

자랑스러워!

 **2** 개의 목에 줄을 묶는 이유를 이야기에서 찾아 <u>밑줄</u>을 그어 보세요.

내 목에 줄을
묶는 이유는…

 **3** 개의 목에 줄을 묶는 행동에 대해 여러분은 어떻게 생각하는지 동그라미 쳐 보세요.

목줄을 묶어야 해!

목줄을 묶지 않아야 해!

"바보야, 어떻게 그렇게 산다는 거야!"

늑대는 걸음을 멈추며 말했어요.

"넌 정말 배만 부른 바보 같아!"

늑대가 저를 한심하게 쏘아봤어요.

"뭐? 그게 왜 바보라는 거야?"

전 **어이없어서** 따져 물었지요.

"난 말이야. 늘 춥고 배고픈 것은 싫어. 하지만 목줄에 매여 내 맘대로 나다니지도 못하는 건 더 싫어. 춥고 배고파도 내가 가고 싶은 곳은 내 뜻대로 돌아다니며 자유롭게 지낼래."

녀석이 휙 되돌아가면서 말하지 뭐예요. 전처럼 살겠다고요.

"아니, 어딜 가는 거야? 또 그렇게 춥고 배고픈 채로 살겠다고?"

저도 소리쳤어요.

"에이, 멍청한 녀석! 너야말로 바보야!"

저는 다시 들로 돌아가는 늑대를 보며 **쏘아붙였답니다.**

늑대야말로 정말 바보 같은 놈 아닌가요?

간추리기1

# 개와 늑대

가라사대왕이 궁금한 게 있어서 질문했어. 질문에 어울리는 답은
무엇일까? **사다리를 타고 내려가 봐.**

| 늑대와 개는 어떤 사이 인가요? | 늑대는 어떻게 살고 있나요? | 개는 어떻게 살고 있나요? | 개의 상처 자국은 무엇 때문인가요? | 늑대가 더 소중하게 생각한 것은 무엇인가요? |

**자유**
무엇에 얽매이지
않고 자기 마음대로
할 수 있음

**가축**
집에서 기르는
짐승 따위

**목줄**
묶어 놓거나 데리고
다니기 위하여
목에 거는 줄

**떠돌이**
정한 곳 없이
이리저리
떠돌아다니는 이

**친척**
같은 핏줄을
이어받은
집안사람

# 일어난 일

이야기를 시간의 흐름에 맞게 간추리려고 해.
**빈칸에 들어갈 알맞은 그림을 스티커로 붙여 봐.**

# 하지 않은 이야기

늙대와 개가 서로에게 솔직하지 못한 부분이 있다고 해.
**개와 늑대의 속마음을 표정으로 그려 봐.**

마음대로 돌아다니는 게 좋아…

…하지만 사실은…

목줄은 별거 아니야…

…하지만 사실은…

# 개와 사람

개와 사람은 함께 살면서 서로에게 바라는 게 있다고 해.
서로에게 원하는 게 무엇일까? **그림으로 그리고 이야기해 봐.**

내게 이것을 해 줘, 그럼 나는 너에게…

# 농장의 늑대

늑대가 농장에서 산다면 어떤 모습일지 친구들이 상상해 봤어.
**너와 비슷한 생각에 동그라미 치고 이유를 말해 봐.**

왜냐하면…

60

# 다른 생각

늑대와 개가 헤어지고 난 다음 서로에 대해 어떻게 말했을까?
**늑대와 개의 생각을 짐작해 보고 써 봐.**

늑대는요…

개는요…

# 누가 더 바보

늦대와 개의 바보스러운 정도를 생각해 봐. 누가 얼마나 바보일까?
**점수에 동그라미 치고 이유를 말해 봐.**

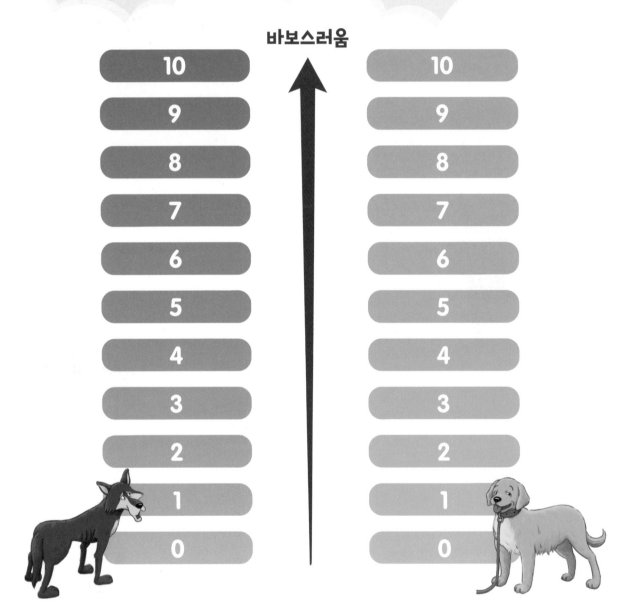

바보스러움

| 늑대 | 개 |
|:---:|:---:|
| 10 | 10 |
| 9 | 9 |
| 8 | 8 |
| 7 | 7 |
| 6 | 6 |
| 5 | 5 |
| 4 | 4 |
| 3 | 3 |
| 2 | 2 |
| 1 | 1 |
| 0 | 0 |

늑대는 과연 얼마나 바보 같을까?

개는 과연 얼마나 바보 같을까?

09:30     80%

# 가리사니 보고서

늑대와 개는 서로에게 바보라고 하는데 너는 어떻게 생각해?
누가 더 바보일까? **가라사대왕에게 네 생각을 알려 봐.**

**작성자** _____

**작성한 날짜** _____ 년 _____ 월 _____ 일

**보고 내용** 저는 '이야기나라'의 가리사니 _____입니다.

늑대와 개는 서로가 바보라고 주장합니다.

저는 _____

_____ 생각합니다.

왜냐하면 _____

_____ 때문입니다.

위 내용은 모두
열심히 탐구한
제 생각입니다.

서명_____

# 바보들 뒤풀이

늑대와 개가 낱말 퀴즈 뒤풀이를 열었어. 낱말 퀴즈를 풀어서
가리사니 힘을 다져 보자고. **요지카를 보면서 문제를 풀어 봐.**

**1** 다음 네 낱말들 가운데 나머지 셋과 가장 거리가 먼 낱말에 동그라미 쳐
보세요.

| 울타리 | 코끼리 | 잠자리 | 개구리 |

| 귀뚜라미 | 두루미 | 목덜미 | 개미 |

**2** 모양을 나타내는 말을 뜻과 함께 살펴보고 빈칸에 알맞은 글자를 써 보세요.

• 끝이 조금 내밀려 있어요.

삐 쭉 삐 쭉

• 입이나 눈이 한쪽으로 기울어져요.

샐 쭉 샐 쭉

• 몸이 가늘고 길어요.

☐ 쭉 ☐ 쭉

**3** 다음 표정에 어울리는 낱말을 선으로 이어 보세요.

방긋방긋                      힐긋힐긋                      쫑긋쫑긋

**4** 이야기를 읽고 빈칸에 들어갈 낱말을 요지카에서 찾아 써 보세요.

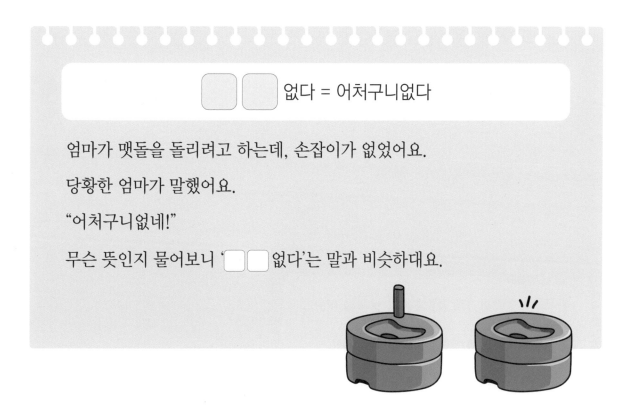

□□ 없다 = 어처구니없다

엄마가 맷돌을 돌리려고 하는데, 손잡이가 없었어요.

당황한 엄마가 말했어요.

"어처구니없네!"

무슨 뜻인지 물어보니 '□□ 없다'는 말과 비슷하대요.

# 3장

# 도깨비를 본 임금님

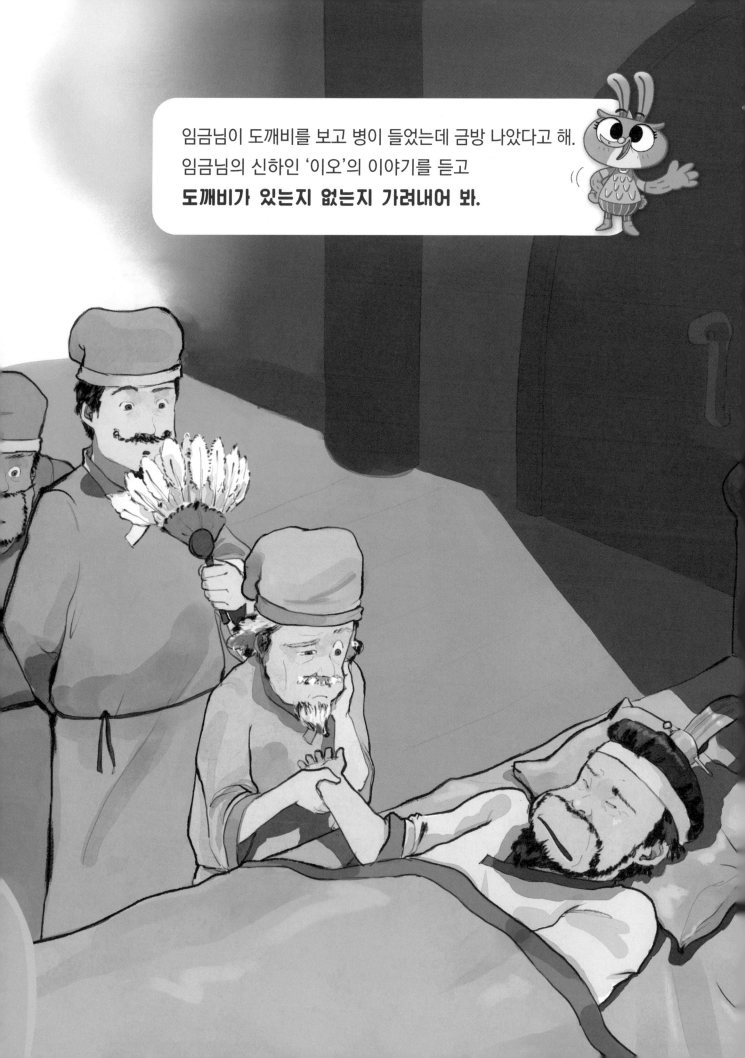

임금님이 도깨비를 보고 병이 들었는데 금방 나았다고 해.
임금님의 신하인 '이오'의 이야기를 듣고
**도깨비가 있는지 없는지 가려내어 봐.**

# 도깨비가 궁금해

도깨비는 다양한 모습으로 나타난다고 해. 어떤 모습들이 있는지
설명을 보고 **어울리는 그림의 번호를 써 봐.**

### 각시 도깨비
젊은 여자 모습을 하고 있어요. 밤길에
나타나서 사람을 홀린다고 해요.

### 김서방 도깨비
친근한 아저씨 모습이고 성격이
좋아서 사람과 잘 어울려요.

### 외다리 도깨비
빗자루가 변해서 도깨비가 되었어요.
씨름을 좋아해요.

### 달걀 도깨비
데굴데굴 굴러다니는 도깨비예요.
말도 많고 장난도 심해요.

### 불 도깨비
파란색 불꽃으로 나타나서 밤길을
지나는 사람을 놀라게 해요.

### 외눈 도깨비
눈이 하나지만, 먹는 걸 좋아해서
배가 불룩 나왔어요.

# 세 번째 요지경

가라사대왕이 이야기나라의 보물, 요지경을 선물로 주었어.
**요지경을 보면서 무슨 일이 벌어졌는지 짐작해 보자.**

 먼저, 전개도를 이용해서 요지경을 직접 만들어 보자. 　활동지 9~12쪽

 요지경에 있는 그림을 요리조리 살펴보자.

짐작되지 않거나
궁금한 그림에는 동그라미!

# 이오 이야기

이야기를 읽으면서, 중요한 낱말은 요지카로 익혀 보자.

**낱말에 요지카 번호를 써 봐.** 활동지 21쪽

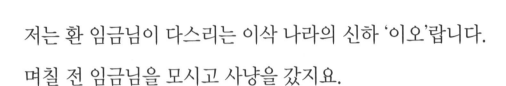

저는 환 임금님이 다스리는 이삭 나라의 신하 '이오'랍니다.

며칠 전 임금님을 모시고 사냥을 갔지요.

**사냥터**로 가는 길에 연못 앞에서 아주 **희한한** 일이 일어났어요.

임금님이 벌벌 떨며 내 손을 붙잡으며 물었어요.

"이오야, 이오야, 너 아무것도 보지 못하였느냐?"

눈을 비비고 봤지만 아무것도 없었어요.

아마도 임금님이 도깨비를 본 것 같았지요.

이야기를 바탕으로 다음 문제를 풀어 보자.
**물음에 답을 찾아봐.**

 **1** '이오'가 누구인지 설명하는 낱말을 모두 찾아 이오 스티커를 붙이세요.

| 이삭 나라 | 사냥꾼 | 신하 |
|---|---|---|
| | | |

 **2** 벌벌 떨며 이오의 손을 붙잡았을 때, 임금님은 어떤 마음이었을까요? 알맞은 낱말을 모두 찾아 임금님 스티커를 붙여 보세요.

| 이상하다 | 무섭다 | 놀랍다 |
|---|---|---|
| | | |

 **3** 이오는 아주 희한한 일이 일어났다고 했어요. 이오가 말한 희한한 일은 무엇일까요? 잘 설명한 친구에게 동그라미 쳐 주세요.

임금님이 벌벌 떨며 이오 손을 붙잡아서 희한해.

임금님이 도깨비를 본 게 희한해.

이오한테는 아무것도 보이지 않아서 희한해.

사냥터에서 돌아온 임금님은 덜컥 병이 나고 말았어요.

**의원**이 보살펴 주었지만 미친 듯이 헛소리만 했어요.

임금님이 병이 났다는 소문을 듣고 이름난 선비인 고오가 병문

안을 왔답니다.

"임금님의 병은 스스로 만든 것입니다.

도깨비 따위가 임금님을 병들게 할 수는

없답니다. 마음에 **거슬리는** 일이 있으면

그만 병이 되고 말지요."

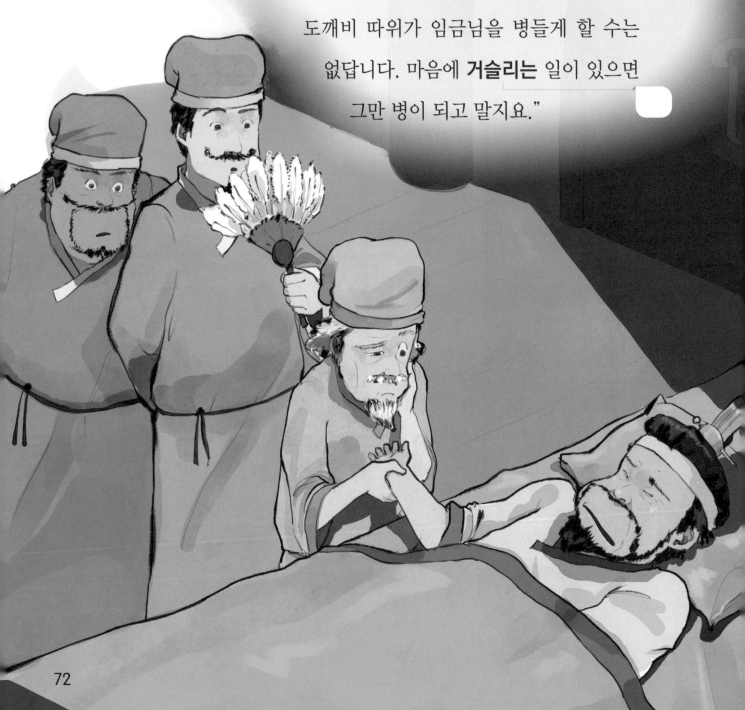

이야기를 바탕으로 다음 문제를 풀어 보자.
**물음에 답을 찾아봐.**

 **1** 사냥터에서 돌아온 임금님이 병이 났을 때, 이오의 마음은 어땠을까요? 알맞은 낱말을 모두 찾아 원하는 색으로 칠해 보세요.

이상하다

슬프다

화난다

 **2** 고오는 임금님이 왜 병들었다고 생각하나요? 알맞은 낱말을 넣어 문장을 완성해 보세요.

 □□ 에 거슬리는 일이 있어서 병이 들었어요.

 **3** 임금님의 병은 스스로 만든 것이라는 고오의 말이 맞다고 생각하나요, 틀리다고 생각하나요? 동그라미 쳐 보고 이유를 말해 보세요.

고오의 말은 틀려!

왜냐하면…

고오의 말이 맞아!

임금님은 알쏭달쏭해서 물었어요.

"**그나저나** 네 말은 도깨비가 없다는 것이냐?"

고오가 얼른 대답했어요.

"많지요!

데굴데굴 굴러다니며 장난을 치는 달걀 도깨비도 있고, 씨름을 좋아해서 만나는 사람마다 시합을 하자고 조르는 외다리 도깨비도 있고, 갑자기 파란 불꽃으로 나타나서 지나가는 사람을 놀라게 하는 불 도깨비도 있고, 또 연못이나 **늪**에 사는 도깨비도 있고…."

이야기를 바탕으로 다음 문제를 풀어 보자.
**물음에 답을 찾아봐.**

 **1** 임금님은 무엇이 알쏭달쏭했을까요? 다음 문장에 알맞은 낱말을 써서 완성해 보세요.

□□□ 이/가 있는지 없는지 알쏭달쏭해.

 **2** 여러분은 평소에 무엇이 알쏭달쏭했나요? 함께 이야기해 보세요.

나는 평소에 _____
알쏭달쏭했어.

내가 생각하기에
아마도…

 **3** 고오가 설명하는 도깨비들은 어떻게 생겼을까요? 마음에 드는 걸 하나 골라서 그려 보세요.

임금님은 눈을 반짝거리면서 고오에게 물었어요.

"응, 연못에도 산다고?"

그러자 고오는 마음속으로 옳거니 하면서 말했어요.

"네, 도깨비는 어둡고 물기가 많은 곳을 좋아합니다. 그래서 숲속이나

물가에서 도깨비를 만날 수 있지요.

대부분 도깨비는 장난치고

노는 걸 좋아해요."

76

이야기를 바탕으로 다음 문제를 풀어 보자.
**물음에 답을 찾아봐.**

 **사실** **1** 고오의 얘기를 듣던 임금님이 눈을 반짝거린 이유는 무엇일지 알맞은 낱말을 써 보세요.

 왜냐하면 고오가 ☐ ☐ 에도 도깨비가 산다고 말했기 때문이다.

 **추론** **2** 도깨비 이야기를 들은 임금님의 마음은 어땠을까요? 알맞은 낱말을 모두 찾아 색칠해 보세요.

 신기하다

 무섭다

 놀랍다

 **논리** **3** 고오가 설명한 도깨비에 대해서 잘못 이해한 친구를 찾아서 X표 하세요.

 도깨비는 어두운 숲속에서 만날 수 있어.

 도깨비는 장난꾸러기야.

 도깨비는 낮에 노는 걸 좋아해.

고오의 이야기가 이어졌어요.

"음… 그런데 도깨비를 본 사람은 나중에

**왕중왕**이 된다고 합니다."

임금님은 고오의 말에 껄껄

웃기 시작했어요.

"하하하, 내가 봤어!

내가 봤다고!"

그러고는 언제 아팠느냐는 듯이 벌떡 자리를 털고 일어났어요.

임금님은 신이 나서 고오와 하루 종일 도깨비 이야기를 했어요.

그리고 화가에게 임금님이 본 것을 그리게도 했어요.

저는요, 뭐가 뭔지 모르겠어요.

임금님이 도깨비를 본 것인지,

**허깨비**를 본 것인지,

또 도깨비가 있다는 것인지 없다는 것인지….

# 이오 이야기

이오가 들려준 순서대로 이야기를 정리해 보자.

**이야기 순서대로 번호를 써 봐.**

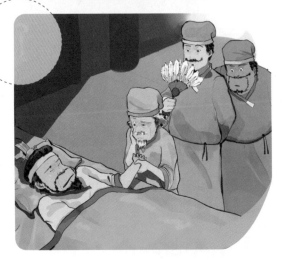

# 임금님 마음

상황에 따라 임금님의 마음은 다양하게 바뀌었어.
**임금님 마음이 나타나도록 표정을 그려 봐.**

**연못**에서 **도깨비**를 본 것 같아요.
└ 어디에서  └ 누구를

**의원**이 임금님을 보살펴요.
└ 누가

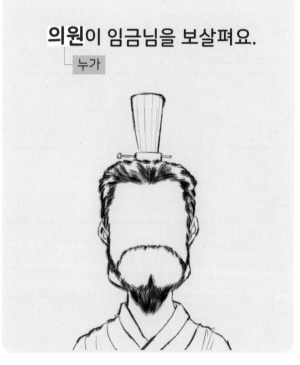

**고오**가 도깨비 이야기를 해요.
└ 누가

**화가**에게 도깨비를 그리게 했어요.
└ 누구에게

# 임금님의 병

의원이 보살폈지만 병이 난 임금님은 헛소리만 했대.
임금님이 뭐라고 말했을까? **임금님의 말을 상상해서 써 봐.**

ㅇㅇㅇ…

# 고오의 꾀

고오는 임금님의 마음을 풀어 주려고 꾀를 내었어. 고오가 했던 꾀 많은
말과 행동을 보고 **마지막에 들어갈 말을 이야기에서 찾아 써 봐.**

아하, 임금님이 아픈 건
도깨비를 보고 겁을 먹었기
때문이구나!

재미있는 도깨비
얘기를 해서 무서움을
없애 주면 되겠어!

그리고… 또…
도깨비를 보면 좋은 일이
있다고 말해 줘야지.

임금님…
도깨비를 본 사람은 나중에…

_____

_____

# 임금님의 생각

임금님은 화가에게 도깨비를 그리게 했어. 임금님은 도깨비를 어떻게
설명했을까? **임금님의 말을 상상해서 쓰고 그림으로 그려 봐.**

연못에서 도깨비를 보았지.
도깨비가 어떻게 생겼냐면…

# 임금님이 본 것

의원과 화가와 고오는 임금님이 무엇을 봤다고 생각할까?
**세 사람의 생각을 짐작해서 동그라미 쳐 봐.**

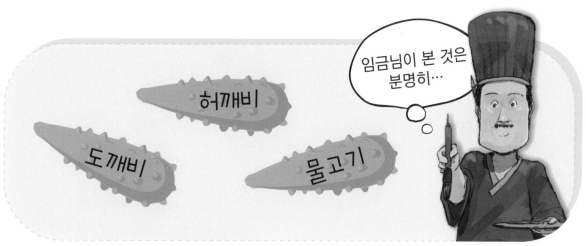

# 있다/없다

답답한 이오가 질문을 했어. 도깨비는 있을까, 없을까?
**네 생각에 동그라미 치고, 물음에 답해 봐.**

도깨비는
**있다**

도깨비는
**없다**

있다면
어디에
있을까요?

왜
없다고
생각하나요?

본 적이
있나요?

그럼
임금님은
왜 병이 난 걸까요?

09:30　　　　　80% 🔋

# 가리사니 보고서

이오는 도깨비가 있는지 없는지 모르겠다는데
너는 어떻게 생각해? **가라사대왕에게 네 생각을 알려 봐.**

**작성자** _____

**작성한 날짜** _____년 _____월 _____일

**보고 내용**　저는 '이야기나라'의 가리사니 _____입니다.

이오는 도깨비가 있는지 없는지 모르겠다고 합니다.

저는 _____

_____ 생각합니다.

왜냐하면 _____

_____ 때문입니다.

위 내용은 모두
열심히 탐구한
제 생각입니다.

서명_____

# 이오 뒤풀이

이오가 낱말 퀴즈 뒤풀이를 열었어. 낱말 퀴즈를 풀어서 가리사니 힘을 다져 보자고. **요지카를 보면서 문제를 풀어 봐.**

**1** 어울리는 낱말끼리 짝을 지어 선을 긋고 빈칸에 알맞은 낱말을 요지카에서 찾아 써 보세요.

궁전 •

식당 •

병원 •

• 요리사

• 임금님

•

**2** 뿌토가 낱말을 줄이고 줄여서 네 글자로 만들었어요. 어떤 낱말인지 알맞은 답을 요지카에서 찾아 써 보세요.

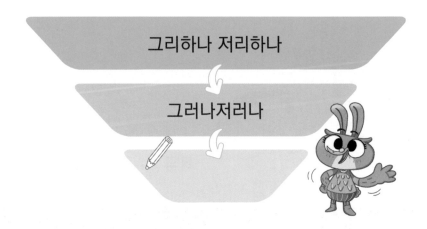

그리하나 저리하나

그러나저러나

88

**3** 다음 이야기를 읽고 이오가 있는 곳은 어디일지 알맞은 낱말에 동그라미 쳐 보세요.

아이고, 가리사니야 나 좀 살려 줘. 여기는 너무 질척질척해서 걷기 힘들어. 빠져나가려고 해도 발이 푹푹 빠져서 계속 허우적거리기만 해.

바다

늪

산

**4** 비슷하지만 다른 뜻을 가진 낱말 카드를 뿌토가 모았어요. 마지막 카드에는 어떤 낱말이 들어가면 좋을지 요지카에서 찾아 써 보세요.

달랠 때는

구슬리다

불에 탈 때는

그슬리다

기분 나쁠 때는

# 4장
# 믿음의 펌프

사막여우가 사막을 지나던 나그네들을 보고 궁금해 하는 게 있어. **사막여우가 궁금해 하는 게 무엇인지 알아보고 궁금함을 풀어 줘.**

# 바보 더 바보

어떤 동네 사람들 이야기야. 누가 더 바보일까?
**가장 바보 같은 사람부터 1, 2, 3 순서를 매겨 봐.**

# 네 번째 요지경

가라사대왕이 이야기나라의 보물, 요지경을 선물로 주었어.
**요지경을 보면서 무슨 일이 벌어졌는지 짐작해 보자.**

 먼저, 전개도를 이용해서 요지경을 직접 만들어 보자. 활동지 13~16쪽

 요지경에 있는 그림을 요리조리 살펴보자.

짐작되지 않거나
궁금한 그림에는 동그라미!

# 사막여우 이야기

이야기를 읽으면서, 중요한 낱말은 요지카로 익혀 보자.
**낱말에 요지카 번호를 써 봐.** 활동지 23쪽

안녕, 난 사막에 사는 사막여우! 내가 사는 이곳에 펌프가 하나 있어. 사람들이 '**믿음**의 펌프'라고 하는데, 이 펌프 때문에 희한한 일이 일어나. 어제도 그런 일이 있었다니까!

두 나그네가 사막을 지나가고 있더라고. 마실 물이 떨어져 금방 쓰러질 것 같았는데 '믿음의 펌프'를 **발견하고는** 다가오더라고.

두 나그네는 펌프 손잡이에 매달린 쪽지를 보았어.

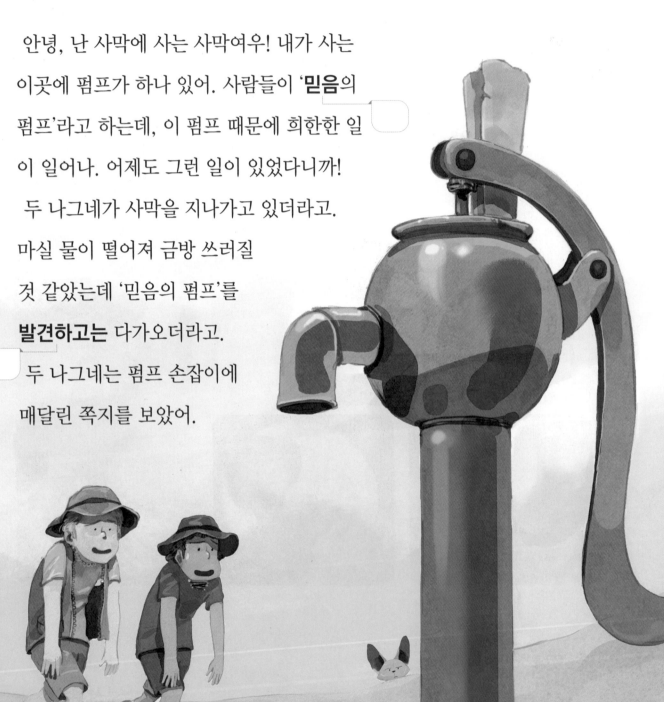

이야기를 바탕으로 다음 문제를 풀어 보자.
**물음에 답을 찾아봐.**

 **1** 사막여우가 살고 있는 곳을 설명하는 내용으로 알맞은 문장에 사막여우 스티커를 붙여 주세요.

💧 내가 사는 곳에는 펌프가 하나 있어.

💧 내가 사는 곳은 물이 부족한 사막이야.

💧 내가 사는 곳은 사람들이 많이 지나다녀.

 **2** 사막을 지나가는 두 나그네에게 당장 필요한 것은 무엇인지 찾아 써 보세요.

 **3** 펌프는 무엇을 하는 물건인지 생각해 보고 알맞은 문장에 동그라미 쳐 주세요.

💧 펌프는 사막을 지나가는 나그네에게 길을 안내해요.

💧 펌프에서는 물이 나와요.

💧 펌프는 쪽지를 보관하는 물건이에요.

이곳은 **고작** 일 년에 한두 명이 지나가요.

펌프는 고장 나지 않았지만 물을 푸려면 먼저 펌프에

물을 부어야 해요.

건너편 흰 바위 밑에 물 한 병을 숨겨 놓았어요.

그 물은 절대로 마셔 버리지 마세요.

조금이라도 마신다면 펌프를 움직이는 데 물이 **부족할**

테니까요.

내 말을 믿어 주세요. 그 물을 전부 부어 넣으세요.

틀림없이 마시고도 남을 **충분한** 물을 퍼 올릴 수 있을

거예요. 그리고 떠나기 전에 도로 그 물병을 채워서 **원래**

있던 자리에 숨겨 놓으세요.

다음 사람이 펌프를 쓸 수 있도록 말이죠.

이야기를 바탕으로 다음 문제를 풀어 보자.
**물음에 답을 찾아봐.**

 **1** 물병의 물을 마시면 어떻게 된다고 쪽지에 써 있는지 빈칸에 알맞은 낱말을 써 보세요.

물이 부족해서 [           ] 가 움직이지 않을 거예요.

 **2** 쪽지에는 '내 말을 믿어 주세요.'라고 써 있어요. 이 말은 언제 하는 말일지 생각해 보고 이야기해 보세요.

내 말을 믿어 주세요.

이 말은 내가 거짓말을 하지 않았을 때 써요.

 **3** 쪽지에 나온 설명대로 펌프에서 물을 길어 마시는 방법을 순서에 맞게 번호를 써 보세요.

펌프에서 물을 퍼 올린다.

물병에 물을 채워 놓는다.

펌프에 물을 붓는다.

게다가 그 쪽지에는 글쓴이의 이름도 씌어 있고.

쓴 날짜도 있어. **무려** 이십 년 전의 날짜이지만 말이야.

그런데 쪽지를 본 두 나그네는 생각이 달랐지.

한 나그네는 말했어.

"누가 장난을 친 거야. 이십 년 전에 누군지도 모르는 사람이 쓴 쪽지는 믿을 수 없어. **기껏** 건너편 바위까지 힘들게 갔는데 물병이 없으면 어떻게 해? 건너편까지 가는 헛수고를 하느니 차라리 가던 길을 가면서 물을 찾는 게 낫지!"

따져보기3

이야기를 바탕으로 다음 문제를 풀어 보자.
**물음에 답을 찾아봐.**

**추론** **1** 쪽지에 이름과 날짜를 쓴 이유가 무엇일지 생각해 보고 알맞은 답을 모두 찾아 동그라미 쳐 보세요.

    누가 썼는지 알리고 싶어서 이름을 썼어요.

    언제 썼는지 알리고 싶어서 날짜를 썼어요.

    쪽지 내용이 사실인 걸 믿게 하려고 이름과 날짜를 썼어요.

**논리** **2** 이 나그네는 쪽지가 누군가의 장난이라고 생각해요. 그렇게 생각하는 이유를 이야기에서 찾아 <u>밑줄</u>을 그어 보세요.

나는 쪽지 내용이 사실이 아니라고 생각해.
왜냐하면…

**창의** **3** 이십 년 후의 나에게 남기고 싶은 것을 쪽지에 쓰거나 그려 보세요.

다른 나그네는 말했어.

"하지만 날짜와 이름까지 써 놓은 걸 보면 사실일지도 몰라. 계속 길을 가더라도 물을 찾을 수 없을지도 모르잖아. 나는 물이 필요하니까 이 쪽지를 믿어 볼 거야."

결국 두 나그네는 서로 자신의 생각이 맞다고 다투다가 헤어졌어.

어떻게 되었냐고?

쪽지를 믿지 않았던 나그네는 가던 길을 계속 갔지.

그러나 얼마 못 가 결국 쓰러지고 말았어.

이야기를 바탕으로 다음 문제를 풀어 보자.
**물음에 답을 찾아봐.**

**따져보기4**

 **1** 다른 나그네는 쪽지가 사실이라고 생각해요. 그렇게 생각하는 이유를 이야기에서 찾아 <u>밑줄</u>을 그어 보세요.

나는 쪽지 내용이 사실이라고 생각해.
왜냐하면…

 **2** 쪽지는 누가 쓴 것일까요? 친구들의 이야기를 들어 보고 맞다고 생각하는 친구에게 엄지척 스티커를 붙여 주세요.

쪽지는 예전에 사막을 지나던
나그네가 썼을 거야. 다른 나그네를
도와주기 위해서 쓴 거지.

쪽지는 도둑이 썼을 거야.
나그네를 바위로 오게 해서
물건을 뺏으려고 쓴 거지.

쪽지는 장난꾸러기가 쓴 거야.
지나가는 나그네를 골탕 먹이려고
쓴 거지.

쪽지는 사막여우가 쓴 거야.
두 나그네를 싸우게
만들려고 쓴 거지.

4장 믿음의 펌프 101

쪽지를 믿은 나그네는 건너편 흰 바위로 가서 물병을 찾았지.

잠시 물병의 물을 마셔 버릴까 고민도 했어.

'만약 펌프에 물을 다 부었는데, 펌프가 고장 나서 물이 나오지

않으면 어쩌지.'

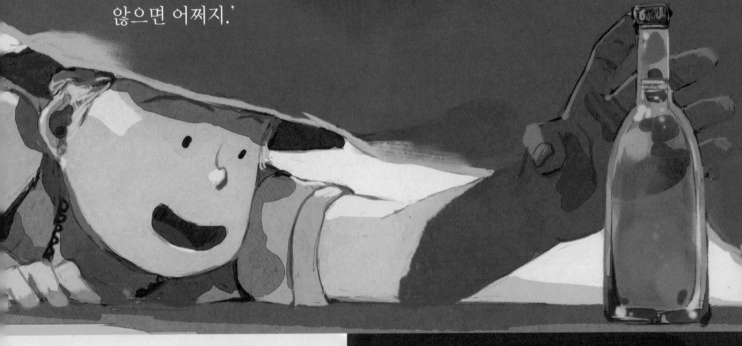

하지만 나그네는 쪽지에 써 있는 대로 펌프에 물을 다 부었어. 그러자 진짜로 물이 솟아오르는 거야. 나그네는 믿음의 펌프에서 물을 길어 마시고, 물병도 다시 채워 놓았지.

사람들 참 이상하지 않니?
그리고 말이야. 이 펌프를 왜
'믿음의 펌프'라고 하는 거야?

# 사막여우 이야기

사막여우가 말한 순서대로 정리해 보자.

**이야기 순서대로 번호를 써 봐.**

# 나그네가 한 일

물을 길어 마신 나그네는 왜 그렇게 행동했을까?
**나그네의 행동과 어울리는 설명에 선을 그어 봐.**

물을 마셔 버리고 싶었지만,
꾹 참고 펌프에 물을 부었어.

쪽지가 사실일 거라고 믿었어.
그래서 흰 바위로 갔지.

다음에 오게 될 나그네를
위해 나도 물병에 물을
채워 놓았어.

걱정이 되었지만, 일단 쪽지를
믿고 열심히 펌프질을 했어.

## 짚어보기1

# 의심의 까닭

쪽지를 믿지 않았던 나그네는 억울하다며 믿을 수 없었던 이유를 말했어. **나그네의 변명을 읽고 네 생각에 동그라미 쳐 봐.**

전 억울해요!

뭐가 억울해?

이십 년 전에 써 놓은 쪽지가 어떻게 남아 있을 수 있어요?

| 그럴듯해 | 아닌 듯해 | 모르겠어 |
|---|---|---|
|  |  | ? |

펌프가 고장이 났을 수도 있잖아요?

|  |  |  |

누가 장난으로 쪽지를 써 놓은 것일 수도 있잖아요?

|  |  |  |

누군지도 모르는데 이름을 써 놓았다고 믿을 수 없잖아요?

# 믿을 만한 쪽지

쪽지에 이름이 씌어 있는데도 믿을 수 없다면 어떻게 해야 할까?
**좋은 방법을 생각해서 쪽지에 글과 그림으로 표현해 봐.**

그리고 떠나기 전에 도로 그 물병을 채워서

원래 있던 자리에 숨겨 놓으세요.

다음 사람이 펌프를 쏠 수 있도록 말이죠.

1999년 10월 04일

나천사 씀

그래도
믿기지 않는단 말이지?

# 얼마나 믿어

물을 마신 나그네는 쪽지를 어느 정도 믿은 걸까?

**믿음과 의심 사이에서 나그네가 믿은 만큼 색칠해 봐.**

처음 쪽지를 보았을 때

의심       믿음

흰 바위 밑 물병을 찾았을 때

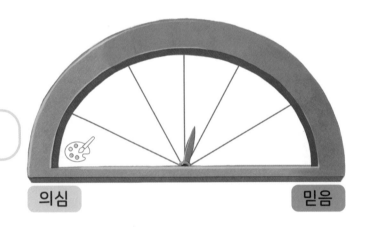

의심       믿음

물병의 물을 펌프에 부어 넣을 때

의심       믿음

# 마셔 버린 물

목이 마른 나그네가 물병의 물을 조금이라도 마신다면 어떻게 될까? **나그네의 선택에 따라 달라지는 결과를 생각해 보고 그림으로 그려 봐.**

안 마신다          마신다

# 남기고 싶은 말

물을 마신 나그네가 다른 사람을 위해 팻말을 세우려고 해. **네가 나그네**
**라면 어떤 말을 쏠지 적당한 것을 고르거나 직접 생각해서 써 봐.**

어떤 것은
믿어야
볼 수 있다.

믿음이 없다면
아무것도
할 수 없다.

참으로 믿는 일은
반드시
이루어진다.

믿는
도끼에
발등 찍힌다.

의심은
배신자이다.

09:30                                         80% 🔋

# 가리사니 보고서

사막여우는 '믿음의 펌프'인 이유를 모르겠다는데
너는 어떻게 생각해? **가라사대왕에게 네 생각을 알려 봐.**

**작성자** ＿＿＿＿＿＿＿＿＿＿＿

**작성한 날짜** ＿＿＿＿＿＿＿년 ＿＿＿월 ＿＿＿일

**보고 내용**　저는 '이야기나라'의 가리사니 ＿＿＿＿＿＿＿＿입니다.

사막여우에게 왜 '믿음의 펌프'인지 알려 주겠습니다.

펌프가 '믿음의 펌프'인 이유는 ＿＿＿＿＿＿＿＿＿＿＿

＿＿＿＿＿＿＿＿＿＿＿＿＿＿＿＿＿＿＿＿＿＿＿＿＿＿

믿음이 무엇인지 알려 주겠습니다. ＿＿＿＿＿＿＿＿＿＿

＿＿＿＿＿＿＿＿＿＿＿＿＿＿＿＿＿＿＿＿＿＿＿＿＿＿

위 내용은 모두
열심히 탐구한
제 생각입니다.

서명＿＿＿＿＿＿＿＿＿＿＿

# 사막여우 뒤풀이

사막여우가 낱말 퀴즈 뒤풀이를 열었어. 낱말 퀴즈를 풀어서
가리사니 힘을 다져 보자고. **요지카를 보면서 문제를 풀어 봐.**

**1** 사막여우가 노래를 부르고 있어요. 가사를 보고 빈칸에 들어갈 알맞은 글자
를 써 보세요.

> 두 나그네가 걷네요 **걸음!**
>
> 물이 어딨어 묻네요 **물음!**
>
> 못 믿고 따로 가다 죽네요 **죽음!**
>
> 쪽지를 참말로 믿네요 ☐ **음!**

요~사막여우 랩~
흥얼흥얼 해볼랩~

**2** 뿌토가 빈칸에 들어갈 글자를 문장 안에 숨겨 놓았어요. 알맞은 글자를 찾아
써 보세요.

**발**이 아파서 못 **견**딜 때쯤 펌프를 ☐ ☐ 했지 뭐야!

농부는 물이 ☐ ☐ 하다는 걸 **족**집게처럼 알아맞히더라.

**충**고는 고맙습니다, 여러**분**! 하지만 제 믿음은 ☐ ☐ 합니다.

**3** 뿌토와 가라사대왕이 재미있는 말놀이를 하고 있어요. 요지카를 보고 팻말
에 쓰인 낱말이 들어갈 알맞은 곳을 찾아 선을 그어 보세요.

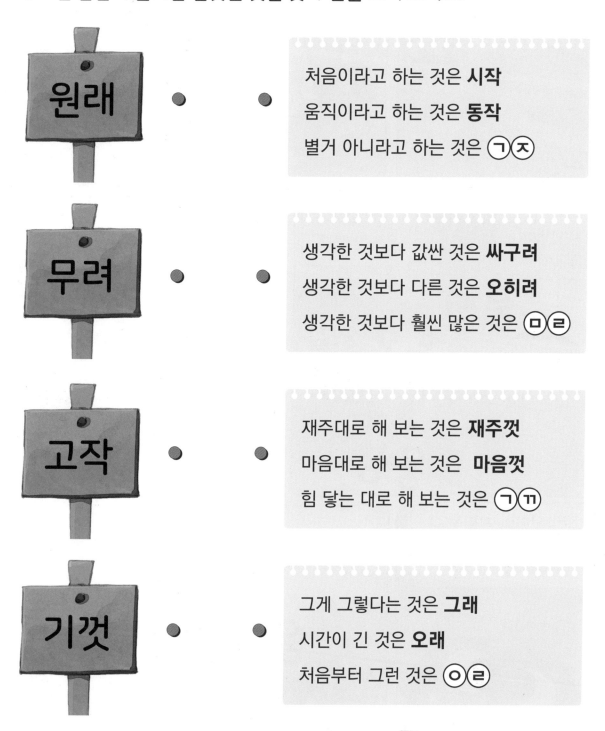

**원래**  ●          ●

처음이라고 하는 것은 **시작**

움직이라고 하는 것은 **동작**

별거 아니라고 하는 것은 ㄱㅈ


**무려**  ●          ●

생각한 것보다 값싼 것은 **싸구려**

생각한 것보다 다른 것은 **오히려**

생각한 것보다 훨씬 많은 것은 ㅁㄹ


**고작**  ●          ●

재주대로 해 보는 것은 **재주껏**

마음대로 해 보는 것은 **마음껏**

힘 닿는 대로 해 보는 것은 ㄱㄲ


**기껏**  ●          ●

그게 그렇다는 것은 **그래**

시간이 긴 것은 **오래**

처음부터 그런 것은 ㅇㄹ

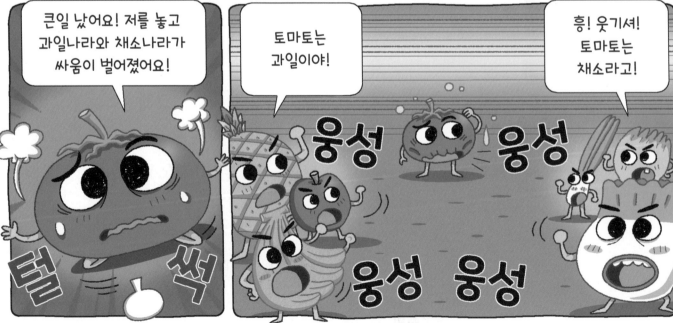

114

MEMO

진짜진짜

# 독서논술

**1**권

## 가이드북

# 가이드북 활용법

　진짜진짜 독서논술의 모든 활동은 논리적인 사고력을 바탕으로 창의적 문제해결력을 기르는 데 목적이 있습니다. 그렇기에 답이 하나로 정해진 경우보다 다양하게 해석 가능한 경우가 많습니다. 중요한 것은 자신의 생각에 논리적 설득력을 갖추는 것입니다. 모두 답이 될 수 있다는 열린 마음으로 활동을 바라봐 주시고, 아이들의 생각을 들어주세요.

　정확하게 답으로 나와야 하는 질문에는 **답**으로 표시했고, 다양한 반응이 나올 수 있는 질문에는 **예**로 표시했습니다. 답이 다양하게 나올 수 있는 질문들은 예로 제시한 내용을 바탕으로 아이들의 생각이 체계적으로 흘러가는지 주의 깊게 바라봐 주시면 됩니다.

　**답**이나 **예**외에 ✚ 표시로 들어간 내용들은 더 생각해 봐야 할 이유나 근거를 아이들이 어떻게 제시할 수 있는지 예상한 것입니다. 이 내용을 바탕으로 더 깊이 있는 생각을 이끌어 낼 수 있도록 지도해 보세요.

　문제와 활동 옆에는 〔해설〕을 달아서 출제 의도와 문제 유형을 해석해 놓았고, 더불어 지도 방법을 적어 놓았습니다. 가정에서 아이들을 지도하는 데 참고해 주세요.

　진짜진짜 독서논술로 '토닥토닥 마음껏 토론'하며 성장해 나갈 아이들의 모습을 기대해 봅니다.

# 1장 화가 나!

 이번 장에서는 다음과 같이 교과 연계 활동이 이루어집니다. 다양한 활동을 통해 교과 학습에 도움을 받을 수 있습니다.

## 관련교과

🌱 **[국어 1학년 2학기] 겪은 일을 글로 써요**
▶ 일기 쓰는 형식을 익히고 일기글을 완성해 봅니다.

🌱 **[봄 1학년 1학기] 씨앗이 자란 모습을 상상해 보기**
▶ 씨앗이 성장해서 꽃을 피우는 모습을 보고 화의 씨앗이 성장하는 모습까지 연상해 봅니다.

🌱 **[봄 2학년 1학기] 마음 신호등**
▶ 화가 났을 때의 감정을 색으로 표현해 보고, 어떤 기분인지 말과 글로 표현해 봅니다.

---

### 준비하기                                    20p

준비하기
**씨앗과 열매**
씨앗은 심으면 싹이 나고 커져서 열매를 맺어. '화' 씨앗을 심으면 어떤 열매를 맺을까? 생각해 보고, 그림으로 그려 봐.

꽃씨를 심으면…
아, 예뻐!

불씨를 붙이면…
앗, 뜨거워!

화나게 하는 화의 씨앗을 뿌리면…

🎨 그림으로 마음껏 표현해 보세요.

### 들어보기1~5                              22~31p

**헤라클레스 이야기**
이야기를 읽으면서, 중요한 낱말은 요지카로 익혀 보자.
**낱말에 요지카 번호를 써 봐.** 활동지 17쪽

| 무척 - 4 | 버럭 - 3 |
| 훌쩍 - 2 | 납작 - 1 |
| 감히 - 8 | 힘껏 - 7 |
| 그냥 - 6 | 결국 - 5 |

### 해설

**20p**

화나는 행동을 했을 때 어떤 결과가 벌어지는지 그림으로 그려보면서 중심 소재인 '화의 씨앗'이 무엇인지 짐작해 보는 활동입니다.

**22~31p**

소리 내어 정독할 수 있도록 지도해 주시고, 부모님이 함께 읽어주셔도 좋습니다. 활동지에 있는 요지카를 미리 잘라서 준비해 놓고, 이야기를 읽으면서 요지카로 어려운 낱말을 함께 익힐 수 있도록 지도해 주세요.

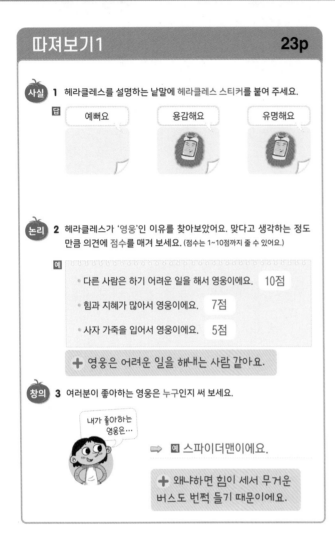

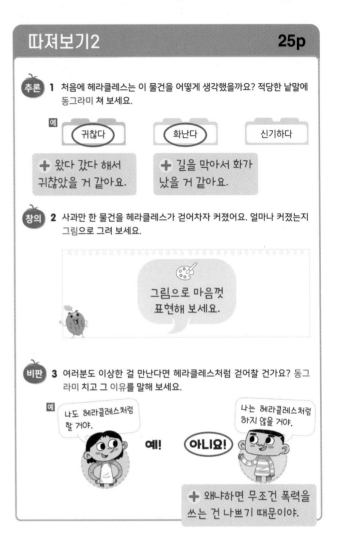

**해설**

## 23p

1. 주인공을 설명하는 핵심어를 찾아보는 사실적 질문입니다. 답이 두 개인데, 모두 찾을 수 있도록 지도해 주세요.

2. 무엇이 영웅적 됨됨이인지 찾아보는 논리적 활동입니다. 정답은 없지만 가장 영웅적인 모습으로 평가하는 게 무엇인지 점수를 매기면서 생각해 볼 수 있습니다.

3. 앞에서 이해한 영웅의 의미에 맞는 사람을 생각해 내는 창의적 활동입니다. 어떤 점이 그 인물의 영웅적인 모습인지 이유를 말할 수 있도록 지도해 주세요.

## 25p

1. 주인공의 행동을 보고 마음을 짐작해 보는 추론 활동입니다. 여러 가지 답이 나올 수 있으니 추론한 답에 적당한 근거를 댈 수 있도록 지도해 주세요.

2. 이야기를 읽고 이해한 내용을 그림으로 나타내는 창의적 표현 활동입니다. 크기뿐만 아니라, 모양과 색 등 세부적인 부분까지 묘사할 수 있도록 지도해 주세요.

3. 주인공의 행동이 맞는지, 그른지 판단해 보는 비판적 활동입니다.

## 따져보기3   27p

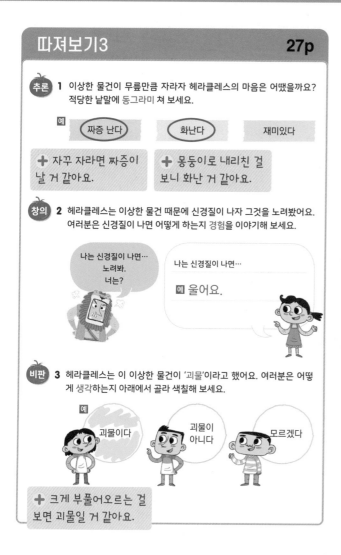

## 따져보기4   29p

### 해설

#### 27p

1. 주인공의 행동을 보고 마음을 짐작해 보는 추론 활동입니다. 추론한 답에 적당한 근거를 댈 수 있으면 모두 답으로 인정해 주세요.

2. 주인공과 비슷한 경험을 통해 주제를 이해하는 창의적 활동입니다. 신경질이 나는 건 자연스러운 감정이지만, 감정을 어떻게 처리해야 좋을지 생각해 볼 수 있습니다. 어떤 행동을 해야 신경질이라는 감정이 사라질 수 있는지 물어봐 주세요.

3. 주인공의 생각을 비판적으로 해석하는 활동입니다. 자신의 생각을 표현하는 활동이니 정답이 없고 '괴물'이 무엇을 뜻하는지 생각해 본 후, 판단의 근거를 말할 수 있게 지도해 주세요.

#### 29p

1. 이야기를 바탕으로 표정을 추리해서 표현해 내는 활동입니다. 문장의 표현을 근거로 다양하게 표정을 해석해 낼 수 있습니다.

2. 핵심어를 찾아 문장을 완성하는 사실적 질문입니다.

3. 자신의 마음을 들여다보고 '화'라는 감정을 색깔로 나타낸다면 무슨 색이 어울릴지 표현해 보는 창의적 활동입니다. 자신이 선택한 색깔이 어떤 감정을 나타내는지 말로 표현할 수 있도록 지도해 주세요.

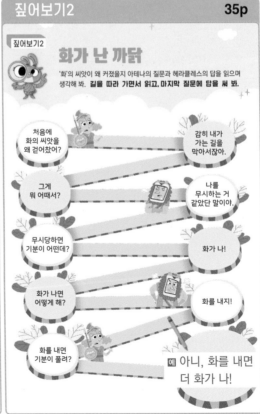

## 해설

### 32p

이야기를 사건이 일어
난 순서대로 잘 기억하
고 있는지 정리해 보는
활동으로 내용을 요약
하는 능력을 기릅니다.
그림을 보며 이야기를
간추려 말할 수 있도록
지도해 주세요.

### 33p

화난 마음을 자유롭게
낙서로 표현하는 활동
입니다. 단계별로 점점
더 화가 나는 헤라클레
스의 마음이 잘 표현되
면 좋습니다.

### 34p

화가 나지 않았을 때는
'화'의 감정이 어떤 모
습일지 상상해 보고 그
림으로 표현하는 창의
적 활동입니다. 더불어
'화'의 감정이 어떻게
밖으로 표출되는지 생
각해 볼 수 있습니다.

### 35p

질문과 대답을 통해 이
야기가 전달하고자 하
는 주제를 명확하게 이
해하는 사고력 활동입
니다. 질문에 어울리는
답을 생각해 내어 문장
으로 표현하는 능력을
기를 수 있습니다.

## 짚어보기3     36p

**짚어보기3**

### 속마음

헤라클레스와 '화'의 씨앗이 속마음을 이야기하고 있어. 이야기에서 '화'의 씨앗이 밖으로 나오게 된 이유를 찾아 **'화'의 씨앗 스티커를 붙여 줘.**

예

> 사람들이 나한테만 힘든 일을 시켜서 속상했어. 사자를 잡은 지 얼마 되지도 않았는데, 또 황소를 잡아오라고 하잖아.

> 산길을 걷는데 너무 짜증이 났어. 길이 울퉁불퉁하고 배도 고팠거든.

> 헤라클레스가 자꾸 짜증 내고 투덜거리니까 화가 났어.

> 나는 헤라클레스 마음 안에 있던 '화'의 씨앗이야. 내가 왜 밖으로 나오게 되었을까?

➕ 누가 옆에서 자꾸 짜증 내면 저도 덩달아 화가 나요.

## 짚어보기4     37p

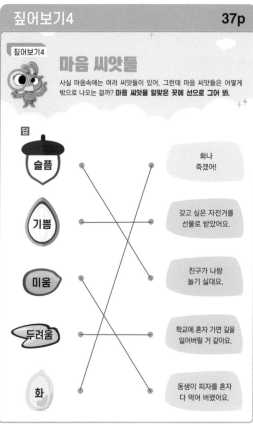

**짚어보기4**

### 마음 씨앗들

사실 마음속에는 여러 씨앗들이 있어. 그런데 마음 씨앗들은 어떻게 밖으로 나오는 걸까? **마음 씨앗을 알맞은 곳에 선으로 그어 봐.**

답

슬픔 — 기쁨 — 미움 — 두려움 — 화

- 화나 죽겠어!
- 갖고 싶은 자전거를 선물로 받았어요.
- 친구가 나랑 놀기 싫대요.
- 학교에 혼자 가면 길을 잃어버릴 거 같아요.
- 동생이 피자를 혼자 다 먹어 버렸어요.

## 짚어보기5     38p

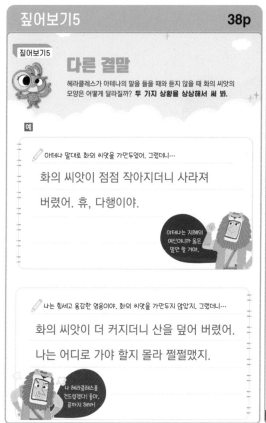

**짚어보기5**

### 다른 결말

헤라클레스가 아테나의 말을 들을 때와 듣지 않을 때 화의 씨앗의 모양은 어떻게 달라질까? **두 가지 상황을 상상해서 써 봐.**

예

✏️ 아테나 말대로 화의 씨앗을 가만두었어. 그랬더니…

> 화의 씨앗이 점점 작아지더니 사라져 버렸어. 휴, 다행이야.

> 아테나는 지혜의 여신이니까 옳은 말만 할 거야.

✏️ 나는 힘세고 용감한 영웅이야. 화의 씨앗을 가만두지 않았지. 그랬더니…

> 화의 씨앗이 더 커지더니 산을 덮어 버렸어. 나는 어디로 가야 할지 몰라 쩔쩔맸지.

> 나 헤라클레스를 건드렸겠다? 좋아, 끝까지 해봐!

## 보고하기     39p

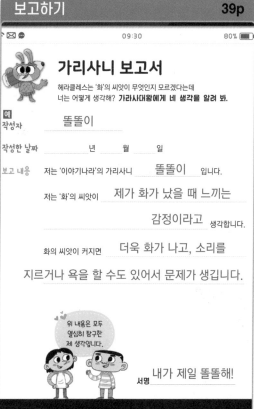

09:30    80% 🔋

### 가리사니 보고서

헤라클레스는 '화'의 씨앗이 무엇인지 모르겠다는데 너는 어떻게 생각해? **가라사대왕에게 네 생각을 알려 봐.**

예

작성자    똘똘이

작성한 날짜    년    월    일

보고 내용   저는 '이야기나라'의 가리사니   **똘똘이**   입니다.

저는 '화'의 씨앗이   **제가 화가 났을 때 느끼는**

**감정이라고**   생각합니다.

화의 씨앗이 커지면   **더욱 화가 나고, 소리를**

**지르거나 욕을 할 수도 있어서 문제가 생깁니다.**

> 위 내용은 모두 열심히 탐구한 제 생각입니다.

내가 제일 똘똘해!

서명 _____

**36p**

어떤 상황에서 화가 나는지 생각해 보는 활동입니다. 다양한 상황이 제시되어 있는데 정해진 답은 없습니다. 자신이 선택한 생각의 근거를 댈 수 있도록 지도해 주세요.

**37p**

마음속에 있는 여러 감정들이 어떤 상황에서 표출되는지 생각해 보는 활동입니다. 자신의 경험에 비추어 다양한 감정을 구체적인 상황과 연결지어 볼 수 있습니다.

**38p**

선택에 따라 달라지는 뒷이야기를 상상해 보는 활동입니다. 결말이 달라지는 이유를 생각해 보면서 이야기에서 전달하려는 주제를 알 수 있습니다. 생각을 문장으로 쓰면서 문장력도 기릅니다.

**39p**

이야기의 주제에 대한 자신의 생각을 글로 정리하는 활동입니다. 자신의 생각을 글로 표현할 수 있는 자신감을 기를 수 있습니다. 완성된 문장으로 쓸 수 있도록 지도해 주세요.

## 어휘다지기 40p

**어휘다지기**

# 헤라클레스 뒤풀이

헤라클레스가 낱말 퀴즈 뒤풀이를 열었어. 낱말 퀴즈를 풀어서 가리사니 힘을 다져 보자고. **요지카를 보면서 문제를 풀어 봐.**

**1** 네 낱말들 가운데 나머지 셋과 거리가 먼 낱말에 동그라미 쳐 보세요.

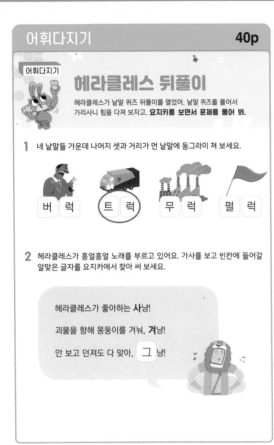

버 럭    트 럭    무 럭    펄 럭

**2** 헤라클레스가 흥얼흥얼 노래를 부르고 있어요. 가사를 보고 빈칸에 들어갈 알맞은 글자를 요지카에서 찾아 써 보세요.

헤라클레스가 좋아하는 **사 냥!**

괴물을 향해 몽둥이를 겨눠, **겨 냥!**

안 보고 던져도 다 맞아, **그** 냥!

## 어휘다지기 41p

**3** 짝 지은 두 낱말에서 느낌이 더 크고 힘이 센말에 색칠해 보세요.

· 바닥에 **납작 / 넙적** 엎드렸어요.    납작   **넙적**

· 계단에서 **훌짝 / 훌쩍** 뛰어내렸어요.    훌짝   훌쩍

**4** 헤라클레스가 쓴 일기의 일부분이 지워졌어요. 요지카에서 지워진 낱말을 찾아 쓰고, 일기를 완성해 보세요.

20xx년 xx월 xx일 x요일

길을 가는데 ❶   내 앞을 막는 게 있었다.

귀찮아서 ❷   밟았더니 더 커졌다.

몽둥이로 내리쳐도 계속 커졌다.

❸   산만큼 커져서 ❹   무서웠다.

❶ 감 히   ❷ 힘 껏   ❸ 결 국   ❹ 무 척

**40~41p**

요지카에서 다룬 어휘를 다시 한번 문제로 풀어보면서 어휘력을 기를 수 있습니다. 요지카를 보면서 문제를 풀 수 있도록 지도해 주세요.

이번 장에서는 다음과 같이 교과 연계 활동이 이루어집니다. 다양한 활동을 통해 교과 학습에 도움을 받을 수 있습니다.

## 관련교과

🔹 **[국어 1학년 2학기] 무엇이 중요할까요**
▶ 인물의 말과 행동을 파악해서 인물의 생각을 유추해 봅니다.

🔹 **[가을 1학년 2학기] 내 이웃 이야기**
▶ 이웃의 범위와 관계를 생각해 보고 더불어 살아가는 방법을 고민해 봅니다.

🔹 **[사회 4학년 1학기] 보고서 쓰기**
▶ 보고서에 들어가야 할 내용을 알아보고 보고서 형식에 맞게 글을 써 봅니다.

---

### 준비하기 44p

**준비하기**

**어슷비슷 개**

비슷하지만 다른 늑대와 개에 대해 생각해 보자. **다음 설명이 누구에 대한 것인지 알맞은 곳에 동그라미 쳐 봐.**

늑대 / 개

**답**

- 산과 들에 살아요.
- 스스로 먹이를 찾아요.
- 주인이 있어요.
- 사람과 함께 살아요.
- 목줄을 하고 다녀요.

---

### 들어보기1~5 46~55p

**개 이야기**

이야기를 읽으면서, 중요한 낱말은 요지카로 익혀 보자. **낱말에 요지카 번호를 써 봐.** 활동지 19쪽

| 울타리 - 4 | 홀쭉하다 - 3 |
| 쫑긋하다 - 2 | 목덜미 - 1 |
| 갸웃하다 - 8 | 바람 - 7 |
| 어이없다 - 6 | 쏘아붙이다 - 5 |

---

### 해설

**44p**

'개'와 '늑대'의 특성을 배경 지식을 통해 미리 알아보는 활동입니다. 평소에 알고 있는 개와 늑대의 모습을 충분히 생각해 볼 수 있도록 지도해 주세요.

**46~55p**

소리 내어 정독할 수 있도록 지도해 주시고, 부모님이 함께 읽어주셔도 좋습니다. 활동지에 있는 요지카를 미리 잘라서 준비해 놓고, 이야기를 읽으면서 요지카로 어려운 낱말을 함께 익힐 수 있도록 지도해 주세요.

## 따져보기1

**사실 1** 늑대와 개는 어떤 사이인지 알맞은 낱말을 골라서 동그라미 쳐 보세요.

답 (◯) 친척　　( ) 친구　　( ) 이웃

**창의 2** 여러분이 좋아하는 친척은 누구인지 써 보세요.

보기　　나는 <u>이모</u>가 좋아요.

나는 **예** 할아버지 이(가) 좋아요.

➕ 할아버지는 잔소리도 안 하고 늘 내 편을 들어주세요.

**추론 3** 늑대가 홀쭉하게 마른 이유가 무엇일지 생각해 보고 어울리는 그림에 동그라미 쳐 보세요.

답

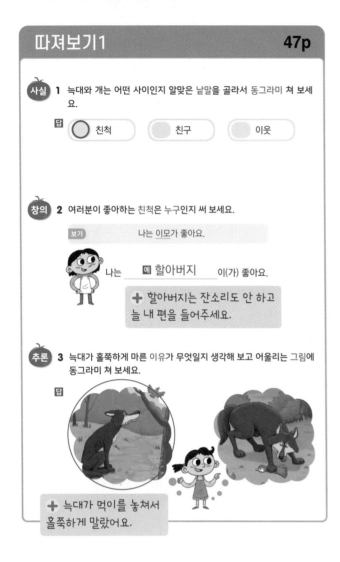

➕ 늑대가 먹이를 놓쳐서 홀쭉하게 말랐어요.

## 따져보기2

**추론 1** 늑대가 개를 부러워한 이유가 맞으면 O, 틀리면 X 하세요.

답　• 행복해 보여서 부러워.　(◯)

　• 사냥을 다녀서 부러워.　(✕)

　• 살이 통통하게 올라서 부러워.　(◯)

➕ 개가 살이 통통하게 오른 모습이 행복해 보여서 부러웠을 거예요.

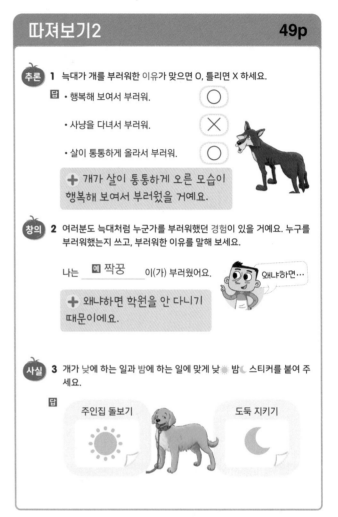

**창의 2** 여러분도 늑대처럼 누군가를 부러워했던 경험이 있을 거예요. 누구를 부러워했는지 쓰고, 부러워한 이유를 말해 보세요.

나는 **예** 짝꿍 이(가) 부러웠어요.

➕ 왜냐하면 학원을 안 다니기 때문이에요.

왜냐하면…

**사실 3** 개가 낮에 하는 일과 밤에 하는 일에 맞게 낮☀ 밤🌙 스티커를 붙여 주세요.

답　주인집 돌보기　☀　　도둑 지키기　🌙

---

### 해설

### 47p

1. 본문에서 개와 늑대를 어떤 사이로 표현했는지 핵심어를 찾는 사실적 질문입니다. 더불어 개와 늑대 사이를 친척이라고 표현할 수 있는 근거를 마련하기 위해 친척의 사전적 의미와 범위를 더 생각해 볼 수 있습니다.

2. 좋아하는 친척을 생각해 보면서 친척이 어떤 관계를 의미하는지 확인해 보는 활동입니다.

3. 상반된 두 그림을 관찰해 보고 내용을 추리하는 추론 활동입니다. 그림의 내용이 무엇인지 말로 이야기해 볼 수 있도록 지도해 주세요.

### 49p

1. 문맥에서 주인공의 마음을 추론해 보는 문제입니다. 추론한 내용의 근거를 명확하게 제시할 수 있도록 지도해 주세요. 사냥을 다니는 것은 늑대이므로 답이 될 수 없음을 충분히 알 수 있습니다.

2. 부러움을 느끼는 이유를 경험을 통해 생각해 보는 문제입니다. 왜 부러웠는지 이유를 물어봐 주세요.

3. 내용을 잘 이해하는지 확인하는 사실적 질문입니다.

## 따져보기3  51p

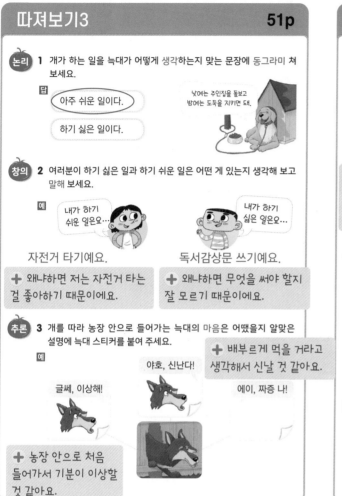

**논리** **1** 개가 하는 일을 늑대가 어떻게 생각하는지 맞는 문장에 동그라미 쳐 보세요.

**답**
아주 쉬운 일이다.
하기 싫은 일이다.

낮에는 주인집을 돌보고 밤에는 도둑을 지키면 돼.

**창의** **2** 여러분이 하기 싫은 일과 하기 쉬운 일은 어떤 게 있는지 생각해 보고 말해 보세요.

**예**
내가 하기 쉬운 일은요…
내가 하기 싫은 일은요…

자전거 타기예요.
독서감상문 쓰기예요.

✚ 왜냐하면 저는 자전거 타는 걸 좋아하기 때문이에요.
✚ 왜냐하면 무엇을 써야 할지 잘 모르기 때문이에요.

**추론** **3** 개를 따라 농장 안으로 들어가는 늑대의 마음은 어땠을지 알맞은 설명에 늑대 스티커를 붙여 주세요.

**예**
글쎄, 이상해!
야호, 신난다!
에이, 짜증 나!

✚ 배부르게 먹을 거라고 생각해서 신날 것 같아요.

✚ 농장 안으로 처음 들어가서 기분이 이상할 것 같아요.

## 따져보기4  53p

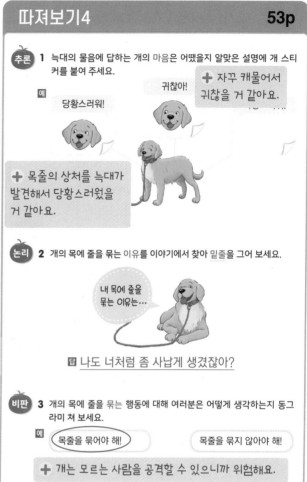

**추론** **1** 늑대의 물음에 답하는 개의 마음은 어땠을지 알맞은 설명에 개 스티커를 붙여 주세요.

**예**
당황스러워!
귀찮아!

✚ 자꾸 캐물어서 귀찮을 거 같아요.

✚ 목줄의 상처를 늑대가 발견해서 당황스러웠을 거 같아요.

**논리** **2** 개의 목에 줄을 묶는 이유를 이야기에서 찾아 밑줄을 그어 보세요.

내 목에 줄을 묶는 이유는…

**답** 나도 너처럼 좀 사납게 생겼잖아?

**비판** **3** 개의 목에 줄을 묶는 행동에 대해 여러분은 어떻게 생각하는지 동그라미 쳐 보세요.

**예**
목줄을 묶어야 해!
목줄을 묶지 않아야 해!

✚ 개는 모르는 사람을 공격할 수 있으니까 위험해요.

---

**해설**

**51p**

1. 주인공의 선택을 논리적인 이유를 들어 설명해 보는 문제입니다. 늑대의 말과 행동을 통해서 늑대가 개가 하는 일을 어떻게 생각하는지 쉽게 설명해 볼 수 있습니다.

2. 주인공의 입장을 헤아리고 자신의 경험과 비교해 보는 활동입니다. 쓰기 힘들어 하는 아이들을 위해 말로 표현해 보도록 했습니다.

3. 주인공의 반응을 보고 마음을 추리해 보는 추론 문제입니다. 근거가 합당하면 여러 개가 답이 될 수 있습니다.

**53p**

1. 문맥에서 주인공의 마음을 추리해 보는 문제입니다. 근거가 합당하면 여러 개가 답이 될 수 있습니다. 추론한 내용의 근거를 제시할 수 있도록 왜 그렇게 생각하는지 이유를 물어봐 주세요.

2. 문장 속에 제시된 논리적 근거를 찾는 문제입니다. 답 외에 다른 문장에 밑줄을 그었다면, 왜 그렇게 생각하는지 이유를 물어봐 주시고, 다시 한번 생각해 볼 수 있도록 지도해 주세요.

3. 논제를 비판적으로 따져보고 찬반 의견을 제시하는 문제입니다.

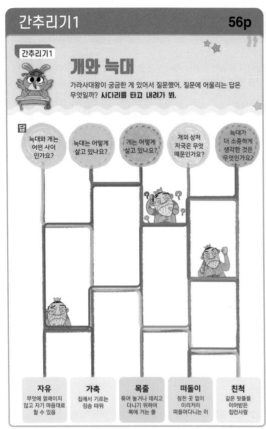

### 해설

**56p**

사다리를 타면서 즐겁게 중요 핵심어를 익히는 활동입니다. 핵심어의 뜻을 이해하고 이야기와 연관지어 생각할 수 있으면 좋습니다.

**57p**

그림을 보면서 내용을 간추리는 활동입니다. 이야기 순서에 맞게 스티커를 붙인 후, 그림에 나온 내용을 말로 설명해 보면 좋습니다.

**58p**

주인공의 마음을 심층적으로 분석해서 표현해 내는 활동입니다. 표현하려는 표정이 무엇인지 말로도 설명할 수 있게 지도해 주세요.

**59p**

개와 사람의 주고받는 관계를 통해 개가 추구하는 안락한 삶의 가치를 더 생각해 보는 활동입니다. 표현하고 싶은 내용을 그림으로 구체화시킬 수 있도록 지도해 주시고, 그림을 그리기 힘들어 하면 글로 쓰거나 말로 표현해 보도록 지도해 주세요.

## 짚어보기3　　　　　60p

**짚어보기3**

### 농장의 늑대

늑대가 농장에서 산다면 어떤 모습일지 친구들이 상상해 봤어.
**너와 비슷한 생각에 동그라미 치고 이유를 말해 봐.**

**예**

왜냐하면…　늑대는 자유롭게 사는 게 좋기 때문에
결국 농장에서 나갈 것 같기 때문이에요.

## 짚어보기4　　　　　61p

**짚어보기4**

### 다른 생각

늑대와 개가 헤어지고 난 다음 서로에 대해 어떻게 말했을까?
**늑대와 개의 생각을 짐작해 보고 써 봐.**

**예**

늑대는요… 좀 답답해요. 얼마든지 편하게 살 수
있는데, 너무 고집만 내세우잖
아요.

개는요… 너무 한심해요. 편하게 살기만
하면 다가 아니잖아요.

## 짚어보기5　　　　　62p

**짚어보기5**

### 누가 더 바보

늑대와 개의 바보스러운 정도를 생각해 봐. 누가 얼마나 바보일까?
**점수에 동그라미 치고 이유를 말해 봐.**

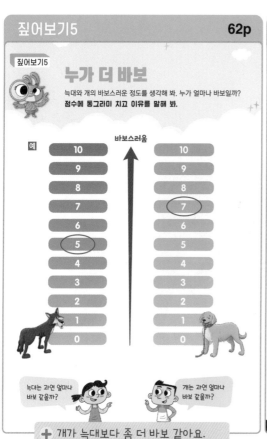

**예**　바보스러움

늑대는 과연 얼마나 바보 같을까?
개는 과연 얼마나 바보 같을까?

➕ 개가 늑대보다 좀 더 바보 같아요.
주인이 없으면 혼자서 살 수 없으니까요.

## 보고하기　　　　　63p

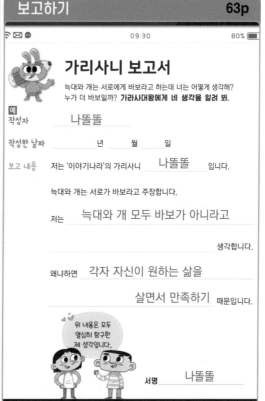

09:30　　80%

### 가리사니 보고서

늑대와 개는 서로에게 바보라고 하는데 너는 어떻게 생각해?
누가 더 바보일까? **가라사대왕에게 네 생각을 알려 봐.**

**예**
작성자　　　　나똘똘

작성한 날짜　　　　년　　　월　　　일

보고 내용　　저는 '이야기나라'의 가리사니　나똘똘　입니다.

늑대와 개는 서로가 바보라고 주장합니다.

저는　　늑대와 개 모두 바보가 아니라고

생각합니다.

왜냐하면　각자 자신이 원하는 삶을

살면서 만족하기 때문입니다.

위 내용은 모두
열심히 탐구한
제 생각입니다.

서명　　나똘똘

2장 누가 더 바보일까?

**60p**

자유로운 생활을 하던 늑대가 농장의 삶을 잘 받아들일 수 있을지 추론해 보는 활동입니다. 그림에서 나타내는 내용이 무엇인지 추리해 보고, 자신의 생각을 선택할 수 있습니다. 왜 그렇게 생각했는지 이유를 문장으로도 쓸 수 있습니다.

**61p**

장단점을 따져 인물평을 해 보는 활동으로 비판적 안목을 기를 수 있습니다. 쓰기 힘들면 말로 표현할 수도 있습니다.

**62p**

논제 '누가 더 바보인가'를 구체적으로 다루는 활동입니다. 바보스러운 정도를 점수로 매기면서 왜 그렇게 생각하는지 이유를 논리적으로 말할 수 있도록 지도해 주세요.

**63p**

이야기의 주제에 대한 자신의 생각을 글로 정리하는 활동입니다. 완성된 문장으로 쓸 수 있도록 지도해 주세요.

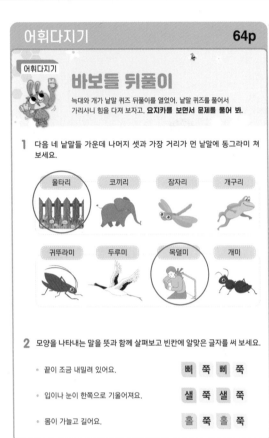

### 바보들 뒤풀이

늑대와 개가 낱말 퀴즈 뒤풀이를 열었어. 낱말 퀴즈를 풀어서
가리사니 힘을 다져 보자고. **요지카를 보면서 문제를 풀어 봐.**

**1** 다음 네 낱말들 가운데 나머지 셋과 가장 거리가 먼 낱말에 동그라미 쳐
보세요.

| 울타리 | 코끼리 | 잠자리 | 개구리 |
| 귀뚜라미 | 두루미 | 목덜미 | 개미 |

**2** 모양을 나타내는 말을 뜻과 함께 살펴보고 빈칸에 알맞은 글자를 써 보세요.

- 끝이 조금 내밀려 있어요.    삐 쭉 삐 쭉
- 입이나 눈이 한쪽으로 기울어져요.    샐 쭉 샐 쭉
- 몸이 가늘고 길어요.    홀 쭉 홀 쭉

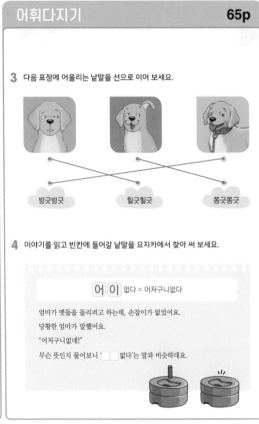

**3** 다음 표정에 어울리는 낱말을 선으로 이어 보세요.

방긋방긋       힐긋힐긋       쫑긋쫑긋

**4** 이야기를 읽고 빈칸에 들어갈 낱말을 요지카에서 찾아 써 보세요.

어 이 없다 = 어처구니없다

엄마가 맷돌을 돌리려고 하는데, 손잡이가 없었어요.
당황한 엄마가 말했어요.
"어처구니없네!"
무슨 뜻인지 물어보니 '☐☐ 없다'는 말과 비슷하대요.

**해설**

### 64~65p

요지카에서 다룬 어휘
를 다시 한번 문제로
풀어보면서 어휘력을
기를 수 있습니다. 요
지카를 보면서 문제를
풀 수 있도록 지도해
주세요.

 이번 장에서는 다음과 같이 교과 연계 활동이 이루어집니다. 다양한 활동을 통해 교과 학습에 도움을 받을 수 있습니다.

## 관련교과

● [국어 2학년 1학기] 상상의 날개를 펴요
▶이야기를 읽으면서 등장인물의 마음을 짐작해 보고, 글로 표현해 봅니다.

● [국어 1학년 1학기] 생각을 나타내요
▶그림을 보고 어떤 일이 일어났는지 살펴보고, 그림에서 일어난 일을 문장으로 써 봅니다.

● [국어 2학년 1학기] 마음을 나누어요
▶마음을 나타내는 말을 알아보고, 등장인물의 마음을 짐작하여 말해 봅니다.

---

**준비하기**    68p

준비하기

### 도깨비가 궁금해

도깨비는 다양한 모습으로 나타난다고 해. 어떤 모습들이 있는지 설명을 보고 어울리는 그림의 번호를 써 봐.

1    2    3

4    5    6

| | | | | |
|---|---|---|---|---|
| **각시 도깨비** 젊은 여자 모습을 하고 있어요. 밤길에 나타나서 사람을 홀린다고 해요. | 5 | | **김서방 도깨비** 친근한 아저씨 모습이고 성격이 좋아서 사람과 잘 어울려요. | 3 |
| **외다리 도깨비** 빗자루가 변해서 도깨비가 되었어요. 씨름을 좋아해요. | 6 | | **달걀 도깨비** 대굴대굴 굴러다니는 도깨비예요. 말도 많고 장난도 심해요. | 2 |
| **불 도깨비** 파란색 불꽃으로 나타나서 밤길을 지나는 사람을 놀라게 해요. | 4 | | **외눈 도깨비** 눈이 하나지만, 먹는 걸 좋아해서 배가 볼록 나왔어요. | 1 |

---

**들어보기1~5**    70~79p

### 이오 이야기

이야기를 읽으면서, 중요한 낱말은 요지카로 익혀 보자.
**낱말에 요지카 번호를 써 봐.**   활동지 21쪽

| | | | |
|---|---|---|---|
| 사냥터 - | 4 | 희한하다 - | 3 |
| 의원 - | 2 | 거슬리다 - | 1 |
| 그나저나 - | 8 | 늪 - | 7 |
| 왕중왕 - | 6 | 허깨비 - | 5 |

---

### 해설

**68p**

도깨비의 전통적인 모습을 그림으로 재해석해 보았습니다. 그림을 통해 이야기의 핵심 소재인 도깨비를 재미있게 만나 보면서 이야기에 대한 흥미를 불러일으킬 수 있습니다.

**70~79p**

소리 내어 정독할 수 있도록 지도해 주시고, 부모님이 함께 읽어주셔도 좋습니다. 활동지에 있는 요지카를 미리 잘라서 준비해 놓고, 이야기를 읽으면서 요지카로 어려운 낱말을 함께 익힐 수 있도록 지도해 주세요.

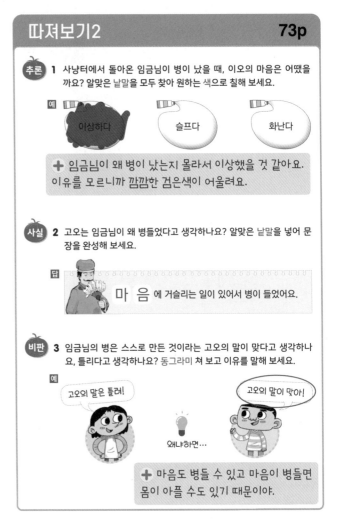

해설

71p

1. 책에 있는 정보를 해석해서 푸는 사실적 질문입니다. 낱말의 의미를 정확히 알아 등장인물을 나타내는 핵심어를 찾을 수 있습니다.

2. 맥락에서 임금님의 마음을 추론하는 문제입니다. 정해진 답이 없으므로 이유를 잘 설명할 수 있도록 왜 그렇게 생각하는지 물어봐 주세요.

3. 희한한 일이 무엇인지 논리적으로 설득하는 문제입니다. 모두 답이 될 수 있으므로 판단의 근거를 댈 수 있도록 지도해 주세요.

73p

1. 주인공의 심정을 추론해서 색깔로 표현하는 활동입니다. 모두 답이 될 수 있으므로 자신이 선택한 답의 근거를 제시할 수 있으면 좋습니다. 표현한 색깔이 어떤 감정을 나타내는지 말할 수 있도록 지도해 주세요.

2. 핵심어를 찾고 문장으로 완성해 보는 문제입니다. 정확한 낱말을 넣어 문장을 완성하는 문제는 문장력과 어휘력을 기를 수 있습니다.

3. 제시된 주제를 비판적으로 따져보는 문제입니다. 정해진 답은 없고 답으로 선택한 이유를 말할 수 있도록 지도해 주세요.

# 3장 도깨비를 본 임금님

## 따져보기3　75p

**사실** **1** 임금님은 무엇이 알쏭달쏭했을까요? 다음 문장에 알맞은 **낱말**을 써서 완성해 보세요.

**답**
　도 깨 비 이(가) 있는지 없는지 알쏭달쏭해.

**창의** **2** 여러분은 평소에 무엇이 알쏭달쏭했나요? 함께 이야기해 보세요.

**예**
나는 평소에 짝꿍이 나를 좋아하는지 알쏭달쏭했어.

내가 생각하기에 아마도…

➕ 네 짝꿍에게 물어 보면 알게 될 거야.

**추론** **3** 고오가 설명하는 도깨비들은 어떻게 생겼을까요? 마음에 드는 걸 하나 골라서 그려 보세요.

그림으로 마음껏 표현해 보세요.

## 따져보기4　77p

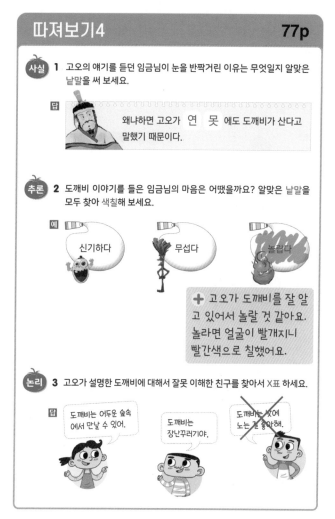

**사실** **1** 고오의 얘기를 듣던 임금님이 눈을 반짝거린 이유는 무엇일지 알맞은 낱말을 써 보세요.

**답**
왜냐하면 고오가 연 못 에도 도깨비가 산다고 말했기 때문이다.

**추론** **2** 도깨비 이야기를 들은 임금님의 마음은 어땠을까요? 알맞은 **낱말**을 모두 찾아 색칠해 보세요.

**예** 신기하다　무섭다　놀랍다

➕ 고오가 도깨비를 잘 알고 있어서 놀랄 것 같아요. 놀라면 얼굴이 빨개지니 빨간색으로 칠했어요.

**논리** **3** 고오가 설명한 도깨비에 대해서 잘못 이해한 친구를 찾아서 X표 하세요.

**답**
도깨비는 어두운 숲속에서 만날 수 있어.

도깨비는 장난꾸러기야.

도깨비는 밤에 노는 걸 좋아해.

---

**해설**

### 75p

1. 핵심어를 찾고 문장으로 완성해 보는 문제입니다. 정확한 낱말을 넣어 문장을 완성하는 문제는 문장력과 어휘력을 기를 수 있습니다.

2. '알쏭달쏭'의 의미를 이해해서 경험을 나누는 창의적 활동입니다. 서로의 경험을 이야기해 보면서 공감대를 형성할 수 있습니다.

3. 문장에 나오는 설명을 반영해서 도깨비의 모습을 추론하여 그림으로 표현하는 활동입니다. 삽화를 따라 그리지 않고 상상 속 모습을 자유롭게 표현할 수 있으면 좋습니다.

### 77p

1. 문장에 어울리는 핵심어를 찾는 문제입니다. 이야기를 잘 이해하고 있는지 확인해 볼 수 있습니다.

2. 주인공의 심정을 추론해서 색깔로 표현하는 활동입니다. 모두 답이 될 수 있으므로 자신이 선택한 답의 근거를 제시할 수 있도록 지도해 주세요.

3. 도깨비에 대한 설명을 종합해서 논리적인 결론을 도출하는 문제입니다. 이야기에 나온 내용을 통해 주어진 문장이 옳은지 그른지 충분히 따져볼 수 있습니다.

## 간추리기1     80p

### 이오 이야기

이오가 들려준 순서대로 이야기를 정리해 보자.
**이야기 순서대로 번호를 써 봐.**

답

## 간추리기2     81p

### 임금님 마음

상황에 따라 임금님의 마음은 다양하게 바뀌었어.
**임금님 마음이 나타나도록 표정을 그려 봐.**

예

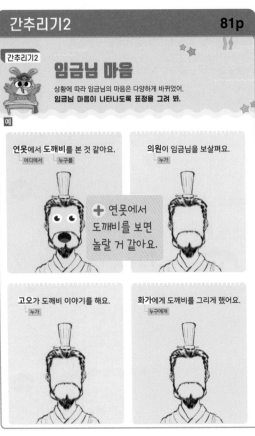

## 짚어보기1     82p

### 임금님의 병

의원이 보살폈지만 병이 난 임금님은 헛소리만 했대.
임금님이 뭐라고 말했을까? **임금님의 말을 상상해서 써 봐.**

## 짚어보기2     83p

### 고오의 꾀

고오는 임금님의 마음을 풀어 주려고 꾀를 내었어. 고오가 했던 꾀 많은
말과 행동을 보고 **마지막에 들어갈 말을 이야기에서 찾아 써 봐.**

**80p**

이야기를 사건이 일어난 순서대로 정리하는 활동입니다. 그림을 보면서 무슨 내용인지 이야기해 볼 수 있도록 지도해 주세요.

**81p**

상황에 따라 달라지는 주인공의 마음을 추론해서 그림으로 표현하는 활동입니다. 어떤 표정을 그렸는지 말로도 설명해 볼 수 있게 지도해 주세요.

**82p**

주인공의 마음을 추리해서 문장으로 표현하는 활동입니다. 상황에 맞게 말을 지어내면서 문장력도 기를 수 있습니다. 재치 있고 개성 있는 표현도 인정해 주면서 마음껏 지어낼 수 있도록 지도해 주세요.

**83p**

주인공의 의도를 문장으로 정리하면서 글의 주제를 이해하는 활동입니다.

134

## 짚어보기3　84p

## 짚어보기4　85p

## 짚어보기5　86p

## 보고하기　87p

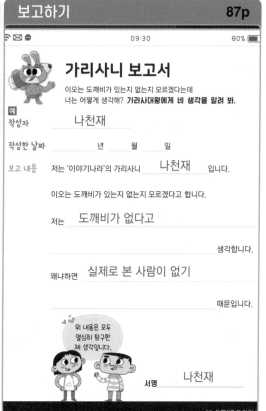

**해설**

### 84p

실체는 없지만, 이야기에서 다양한 모습으로 등장하는 도깨비를 직접 그려보면서 도깨비를 직접 본다면 어떤 기분이 들지 생각해 볼 수 있습니다. 더불어 도깨비를 봤다고 생각한 임금님의 기분도 생각해 볼 수 있습니다.

### 85p

각 등장인물이 도깨비를 바라보는 시각을 확인해 보는 활동입니다. 모두 답이 될 수 있으므로 자신의 생각에 합리적 이유를 제시할 수 있도록 지도해 주세요.

### 86p

이야기의 주제를 비판적으로 분석하는 활동입니다. 정해진 답은 없지만, 자신의 생각에 구체적인 근거를 제시할 수 있도록 지도해 주세요.

### 87p

이야기의 주제에 대한 자신의 생각을 글로 정리하는 활동입니다. 완성된 문장으로 쓸 수 있도록 지도해 주세요.

## 어휘다지기

### 이오 뒤풀이

이오가 낱말 퀴즈 뒤풀이를 열었어. 낱말 퀴즈를 풀어서 가리사니 힘을 다져 보자고. **요지카를 보면서 문제를 풀어 봐.**

1  어울리는 낱말끼리 짝을 지어 선을 긋고 빈칸에 알맞은 낱말을 요지카에서 찾아 써 보세요.

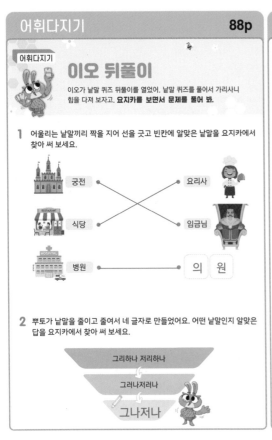

궁전
식당
병원

요리사
임금님
의 원

2  뿌토가 낱말을 줄이고 줄여서 네 글자로 만들었어요. 어떤 낱말인지 알맞은 답을 요지카에서 찾아 써 보세요.

그리하나 저리하나
그러나저러나
그나저나

3  다음 이야기를 읽고 이오가 있는 곳은 어디일지 알맞은 낱말에 동그라미 쳐 보세요.

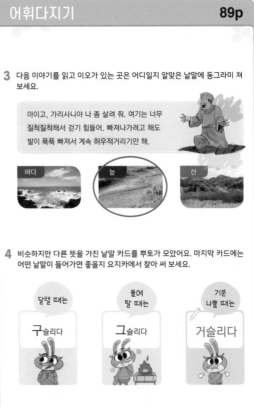

아이고, 가리사니야 나 좀 살려 줘. 여기는 너무 질척질척해서 걷기 힘들어. 빠져나가려고 해도 발이 푹푹 빠져서 계속 허우적거리기만 해.

바다     늪     산

4  비슷하지만 다른 뜻을 가진 낱말 카드를 뿌토가 모았어요. 마지막 카드에는 어떤 낱말이 들어가면 좋을지 요지카에서 찾아 써 보세요.

달릴 때는
구슬리다

불에 탈 때는
그슬리다

기분 나쁠 때는
거슬리다

해설
88~89p

요지카에서 다룬 어휘를 다시 한번 문제로 풀어보면서 어휘력을 기를 수 있습니다. 요지카를 보면서 문제를 풀 수 있도록 지도해 주세요.

# 4장 믿음의 펌프

 이번 장에서는 다음과 같이 교과 연계 활동이 이루어집니다.
다양한 활동을 통해 교과 학습에 도움을 받을 수 있습니다.

### 관련교과

💧 **[국어 4학년 2학기] 마음을 전하는 글을 써요**
▶ 쪽지를 보면서 글쓴이가 마음을 전하려고 쓴 표현이 무엇인지 알아보고, 글쓴이가 전하려는 마음을 확인해 봅니다.

💧 **[국어 1학년 2학기] 무엇이 중요할까요**
▶ 그림을 보고 인물의 말과 행동을 연상해서 인물이 무엇을 했는지 파악해 봅니다.

💧 **[국어 2학년 1학기] 말놀이를 해요**
▶ 비슷한 글자로 이루어진 낱말을 찾으면서 다양한 어휘를 익힙니다.

---

## 준비하기                   92p

## 들어보기1~5            94~103p

### 해설

**92p**

짧막한 이야기를 통해서 '바보스러운 행동'의 기준을 생각해 보는 활동입니다. 정해진 답이 없지만, 어떤 행동이 바보스러운지 말로 설명할 수 있도록 지도해 주세요.

**94~103p**

소리 내어 정독할 수 있도록 지도해 주시고, 부모님이 함께 읽어주셔도 좋습니다. 활동지에 있는 요지카를 미리 잘라서 준비해 놓고, 이야기를 읽으면서 요지카로 어려운 낱말을 함께 익힐 수 있도록 지도해 주세요.

## 따져보기1　95p

 **사실** **1** 사막여우가 살고 있는 곳을 설명하는 내용으로 알맞은 문장에 사막여우 스티커를 붙여 주세요.

답 💧 내가 사는 곳에는 펌프가 하나 있어.

　💧 내가 사는 곳은 물이 부족한 사막이야.

　💧 내가 사는 곳은 사람들이 많이 지나다녀.

 **논리** **2** 사막을 지나가는 두 나그네에게 당장 필요한 것은 무엇인지 찾아 써 보세요.

답 ✏️ 물

 **추론** **3** 펌프는 무엇을 하는 물건인지 생각해 보고 알맞은 문장에 동그라미 쳐 주세요.

답 💧 펌프는 사막을 지나가는 나그네에게 길을 안내해요.

　💧 펌프에서는 물이 나와요.

　💧 펌프는 쪽지를 보관하는 물건이에요.

## 따져보기2　97p

 **사실** **1** 물병의 물을 마시면 어떻게 된다고 쪽지에 써 있는지 빈칸에 알맞은 낱말을 써 보세요.

답 물이 부족해서 　펌프　 가 움직이지 않을 거예요.

 **창의** **2** 쪽지에는 '내 말을 믿어 주세요.'라고 써 있어요. 이 말은 언제 하는 말일지 생각해 보고 이야기해 보세요.

예 내 말을 믿어 주세요.

이 말은 내가 거짓말을 하지 않았을 때 써요.

➕ 양치질을 했지만 믿지 않는 엄마한테 '내 말을 믿어주세요.'라고 했어요.

 **논리** **3** 쪽지에 나온 설명대로 펌프에서 물을 길어 마시는 방법을 순서에 맞게 번호를 써 보세요.

답

**2**　펌프에서 물을 퍼 올린다.　**3**　물병에 물을 채워 놓는다.　**1**　펌프에 물을 붓는다.

---

## 95p

1. 이야기에서 제공하는 정보를 해석해서 푸는 사실적 질문입니다. 답이 두 개이지만 하나만 답으로 선택해도 인정해 주시고, 더 생각해 볼 수 있도록 지도해 주세요.

2. 맥락적 의미를 이해해서 문제가 요구하는 답을 찾는 논리적 활동입니다. 낱말로 쓸 수도 있지만, 문장으로 표현할 수도 있으니, 핵심어가 들어갈 수 있도록 지도해 주세요.

3. 펌프의 용도를 글 내용과 이미지를 보고 추론하는 문제입니다.

## 97p

1. 이야기에서 제공하는 정보를 해석해서 푸는 사실적 질문입니다. 정확한 낱말을 넣어 문장을 완성하는 문제는 문장력과 어휘력을 길러 줍니다.

2. 경험을 통해 주제를 생각하는 창의적 활동입니다. 이 말을 할 때 어떤 기분이 들었는지 더 구체적으로 물어봐 주세요.

3. 이야기에 나온 설명을 잘 읽고 순서에 맞게 재구성해 보는 논리적 활동입니다. 먼저 그림을 보고 순서를 추리해 본 후, 그림 설명과 맞춰 볼 수 있도록 지도해 주세요.

## 따져보기3　　99p

추론　**1** 쪽지에 이름과 날짜를 쓴 이유가 무엇일지 생각해 보고 알맞은 답을 모두 찾아 동그라미 쳐 보세요.

예　누가 썼는지 알리고 싶어서 이름을 썼어요. ☐

　언제 썼는지 알리고 싶어서 날짜를 썼어요. ☐

　쪽지 내용이 사실인 걸 믿게 하려고 이름과 날짜를 썼어요. ◯

➕ 누가 언제 썼는지 알면 쪽지 내용이 사실로 믿겨요.

논리　**2** 이 나그네는 쪽지가 누군가의 장난이라고 생각해요. 그렇게 생각하는 이유를 이야기에서 찾아 밑줄을 그어 보세요.

> 나는 쪽지 내용이 사실이 아니라고 생각해. 왜냐하면…

답 이십 년 전에 누군지도 모르는 사람이 쓴 쪽지는 믿을 수 없어.

창의　**3** 이십 년 후의 나에게 남기고 싶은 것을 쪽지에 쓰거나 그려 보세요.

> 글과 그림으로 마음껏 표현해 보세요.

## 따져보기4　　101p

논리　**1** 다른 나그네는 쪽지가 사실이라고 생각해요. 그렇게 생각하는 이유를 이야기에서 찾아 밑줄을 그어 보세요.

> 나는 쪽지 내용이 사실이라고 생각해. 왜냐하면…

답 날짜와 이름까지 써 놓은 걸 보면 사실일지도 몰라.

추론　**2** 쪽지는 누가 쓴 것일까요? 친구들의 이야기를 들어 보고 맞다고 생각하는 친구에게 엄지척 스티커를 붙여 주세요.

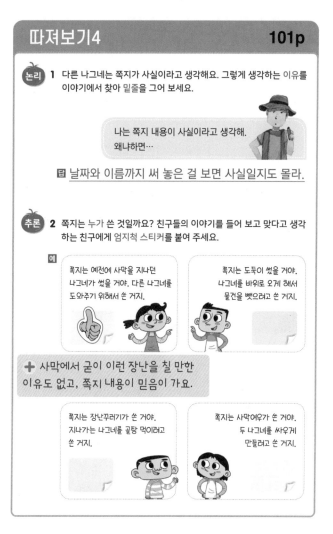

예　쪽지는 예전에 사막을 지나던 나그네가 썼을 거야. 다른 나그네를 도와주기 위해서 쓴 거지. 👍

쪽지는 도둑이 썼을 거야. 나그네를 바위로 오게 해서 물건을 뺏으려고 쓴 거지.

➕ 사막에서 굳이 이런 장난을 칠 만한 이유도 없고, 쪽지 내용이 믿음이 가요.

쪽지는 장난꾸러기가 쓴 거야. 지나가는 나그네를 골탕 먹이려고 쓴 거지.

쪽지는 사막여우가 쓴 거야. 두 나그네를 싸우게 만들려고 쓴 거지.

---

해설

### 99p

**1.** 행동의 근거를 추론해 보는 활동으로 세 가지 모두 답이 될 수 있습니다. 왜 그런 생각을 했는지 이유를 물어봐 주세요.

**2.** 문맥에서 생각의 근거를 찾는 논리적 문제입니다. 답 외에 다른 문장에 밑줄을 긋는다면 틀렸다고 말하기보다는 먼저 합당한 이유를 들어 보도록 지도해 주세요.

**3.** 쪽지의 용도를 생각해서 글과 그림으로 표현하는 창의적 활동입니다. 이십 년 후에는 자신이 몇 살이 되는지 생각해 보고, 구체적인 생각을 글이나 그림으로 정리해 볼 수 있도록 지도해 주세요.

### 101p

**1.** 문맥에서 생각의 근거를 찾는 논리적 문제입니다. 답 외에 다른 문장에 밑줄을 긋는다면 틀렸다고 말하기보다는 먼저 합당한 이유를 들어 설명할 수 있도록 지도해 주세요.

**2.** 본문 내용을 토대로 등장하지 않은 부분을 추론하는 활동입니다. 어떤 것을 선택해도 답이 될 수는 있지만, 터무니없는 상상을 추론으로 혼동하지 않도록 자신이 선택한 답의 근거를 설득력 있게 말할 수 있도록 지도해 주세요.

이야기를 사건 순으로 정리하는 활동입니다. 그림을 보면서 무슨 내용인지 말로도 이야기할 수 있도록 지도해 주세요.

주인공의 행동과 이유를 연결하는 논리적 활동입니다. 그림의 행동을 보고 알맞은 이유를 추론해서 문장으로 연결지어 봅니다.

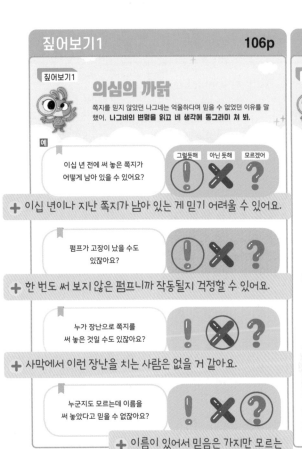

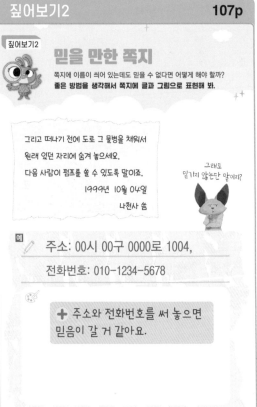

주인공의 행동을 비판적으로 판단하는 활동입니다. 모두 답이 될 수 있으므로 자신이 판단한 이유를 설명할 수 있도록 질문해 주세요.

문제 상황을 해결할 수 있는 방법을 창의적으로 생각해 보는 활동입니다. 자유롭게 자신의 생각을 그리거나 쓰거나 말로 표현할 수 있도록 지도해 주세요.

## 짚어보기3     108p

### 얼마나 믿어

물을 마신 나그네는 쪽지를 어느 정도 믿은 걸까?
**믿음과 의심 사이에서 나그네가 믿은 만큼 색칠해 봐.**

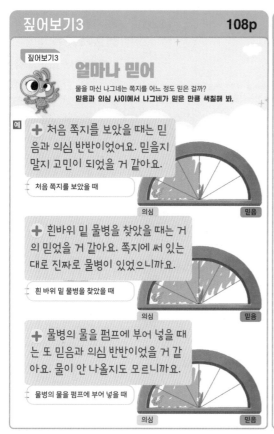

예
+ 처음 쪽지를 보았을 때는 믿음과 의심 반반이었어요. 믿을지 말지 고민이 되었을 거 같아요.

┗ 처음 쪽지를 보았을 때

의심 ─── 믿음

+ 흰바위 밑 물병을 찾았을 때는 거의 믿었을 거 같아요. 쪽지에 써 있는 대로 진짜로 물병이 있었으니까요.

┗ 흰 바위 밑 물병을 찾았을 때

의심 ─── 믿음

+ 물병의 물을 펌프에 부어 넣을 때는 또 믿음과 의심 반반이었을 거 같아요. 물이 안 나올지도 모르니까요.

┗ 물병의 물을 펌프에 부어 넣을 때

의심 ─── 믿음

## 짚어보기4     109p

### 마셔 버린 물

목이 마른 나그네가 물병의 물을 조금이라도 마신다면 어떻게 될까? **나그네의 선택에 따라 달라지는 결과를 생각해 보고 그림으로 그려 봐.**

안 마신다      마신다

그림으로 마음껏 표현해 보세요.

## 짚어보기5     110p

### 남기고 싶은 말

물을 마신 나그네가 다른 사람을 위해 팻말을 세우려고 해. **네가 나그네라면 어떤 말을 쓸지 적당한 것을 고르거나 직접 생각해서 써 봐.**

예

어떤 것은 믿어야 볼 수 있다.

믿음이 없다면 아무것도 할 수 없다.

참으로 믿는 일은 반드시 이루어진다.

믿는 도끼에 발등 찍힌다.

의심은 배신자이다.

어떤 것은 믿어야 볼 수 있다.

+ 살아남은 나그네는 쪽지를 믿었고, 그래서 물을 마셨으니까 이런 말을 썼을 것 같아요.

## 보고하기     111p

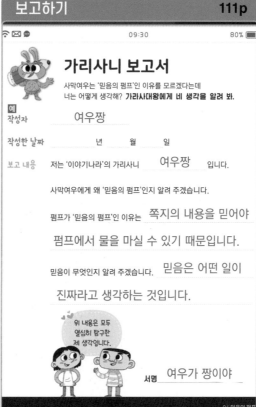

09:30    80%

### 가리사니 보고서

사막여우는 '믿음의 펌프'인 이유를 모르겠다는데 너는 어떻게 생각해? 가라사대왕에게 네 생각을 알려 봐.

예
작성자    여우짱

작성한 날짜    년   월   일

보고 내용   저는 '이야기나라'의 가리사니   여우짱   입니다.

사막여우에게 왜 '믿음의 펌프'인지 알려 주겠습니다.

펌프가 '믿음의 펌프'인 이유는   쪽지의 내용을 믿어야

펌프에서 물을 마실 수 있기 때문입니다.

믿음이 무엇인지 알려 주겠습니다.   믿음은 어떤 일이

진짜라고 생각하는 것입니다.

위 내용은 모두 열심히 탐구한 제 생각입니다.

서명    여우가 짱이야

04 믿음의 펌프

해설

**108p**

상황에 따라 달라지는 주인공의 심정을 추론해 보는 활동입니다. 저마다 추론 내용이 다를 수는 있지만, 충분한 이유를 합리적으로 들 수 있도록 지도해 주세요.

**109p**

주인공의 행동에 따라 달라지는 결과를 추론해 보는 활동입니다. 예측한 결과를 그림으로 그리면서 표현 능력도 키워봅니다.

**110p**

주제를 생각해 보고 문장으로 정리해 보는 활동입니다. 예시 문장을 해석해서 주제와 연관 지어 알맞은 문장을 선택할 수 있습니다. 또는 스스로 주제를 나타내는 문장을 지어 볼 수도 있습니다.

**111p**

이야기의 주제에 대한 자신의 생각을 글로 정리하는 활동입니다. 글을 쓰는 활동은 어렵게 느껴질 수 있으므로 자신감을 가질 수 있도록 독려해 주세요. 자신의 생각을 완성된 문장으로 쓸 수 있도록 지도해 주세요.

어휘다지기

## 사막여우 뒤풀이

사막여우가 낱말 퀴즈 뒤풀이를 열었어. 낱말 퀴즈를 풀어서 가리사니 힘을 다져 보자고. **요지카를 보면서 문제를 풀어 봐.**

1 사막여우가 노래를 부르고 있어요. 가사를 보고 빈칸에 들어갈 알맞은 글자를 써 보세요.

두 나그네가 걷네요 **걸음!**

물이 어딨어 묻네요 **물음!**

못 믿고 따로 가다 죽네요 **죽음!**

쪽지를 참말로 믿네요 믿 음!

요~사막여우 랩~
룽얼룽얼 해볼램~

2 뿌토가 빈칸에 들어갈 글자를 문장 안에 숨겨 놓았어요. 알맞은 글자를 찾아 써 보세요.

**발**이 아파서 못 **견**딜 때쯤 펌프를 발 견 했지 뭐야!

농**부**는 물이 부 족 하다는 걸 **족**집게처럼 알아맞히더라.

**충**고는 고맙습니다, 여러**분**! 하지만 제 믿음은 충 분 합니다.

3 뿌토와 가라사대왕이 재미있는 말놀이를 하고 있어요. 요지카를 보고 팻말에 쓰인 낱말이 들어갈 알맞은 곳을 찾아 선을 그어 보세요.

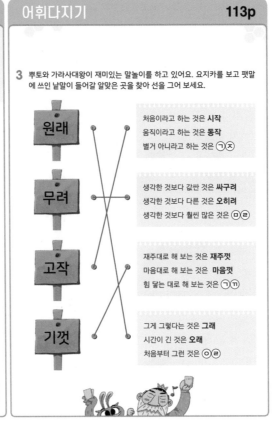

원래

무려

고작

기껏

처음이라고 하는 것은 **시작**
움직이라고 하는 것은 **동작**
별거 아니라고 하는 것은 ㄱㅈ

생각한 것보다 값싼 것은 **싸구려**
생각한 것보다 다른 것은 **오히려**
생각한 것보다 훨씬 많은 것은 ㅁㄹ

재주대로 해 보는 것은 **재주껏**
마음대로 해 보는 것은 **마음껏**
힘 닿는 대로 해 보는 것은 ㄱㄲ

그게 그렇다는 것은 **그래**
시간이 긴 것은 **오래**
처음부터 그런 것은 ㅇㄹ

해설

**112~113p**

요지카에서 다룬 어휘를 다시 한번 문제로 풀어보면서 어휘력을 기를 수 있습니다. 요지카를 보면서 문제를 풀 수 있도록 지도해 주세요.

MEMO

# 요지경 만들기

영상 바로가기

## 1 자르는 선을 따라 가위로 오려 주세요.

가운데의 자르는 선도 따라서 오립니다.          다 오리면 네 조각이 됩니다.

## 2 접는 선을 따라 안쪽과 바깥쪽을 번갈아 가며 접어 주세요.

안쪽이든 바깥쪽이든 순서는 상관없이 번갈아 가며 한 번씩 접습니다.

## 3 풀칠 면에 풀칠한 뒤, 풀칠 면의 번호가 같은 것끼리 붙여 주세요.

모퉁이의 색깔이 서로 같은 것끼리 맞붙입니다. 파란색과 파란색, 초록색과 초록색이 서로 맞닿게 붙입니다.

## 4 풀칠 면을 다 붙이면 요지경이 완성됩니다.

요지경을 요리조리 접거나 펴면서 그림을 보고 내용을 상상해 보세요.

✂ —— 자르는 선
┈┈┈┈ 접는 선

1. 자르는 선을 따라 가위로 오려서 네 조각으로 만들어 주세요.
2. 접는 선을 따라 안쪽으로 한 번 바깥쪽으로 한 번 접어주세요.
3. 풀칠한 후 같은 번호끼리 모퉁이의 색깔을 맞춰 붙여주세요.
4. 요리조리 접거나 펴면서 그림에 나오는 내용을 상상해서 이야기해 보세요.

③ 풀칠

① 풀칠

④ 풀칠

② 풀칠

2

✂ —— 자르는 선
........... 접는 선

① 풀칠

③ 풀칠

② 풀칠

④ 풀칠

# 가리사니 임명장

이름:

직책: 가리사니

위 사람을 이야기나라의 가리사니로 임명합니다.

20      년      월      일

이야기나라의 가라사대왕

✂ —— 자르는 선
......... 접는 선

1. 자르는 선을 따라 가위로 오려서 네 조각으로 만들어 주세요.
2. 접는 선을 따라 안쪽으로 한 번 바깥쪽으로 한 번 접어주세요.
3. 풀칠한 후 같은 번호끼리 모퉁이의 색깔을 맞춰 붙여주세요.
4. 요리조리 접거나 펴면서 그림에 나오는 내용을 상상해서 이야기해 보세요.

③
풀칠

①
풀칠

④
풀칠

②
풀칠

✂ —— 자르는 선
......... 접는 선

① 풀칠

② 풀칠

③ 풀칠

④ 풀칠

# 가리사니 임명장

이름:

직책: 가리사니

위 사람을 이야기나라의 가리사니로 임명합니다.

20      년      월      일

이야기나라의 가라사대왕

✂—— 자르는 선
......... 접는 선

3장
도깨비를 본 임금님

1. 자르는 선을 따라 가위로 오려서 네 조각으로 만들어 주세요.
2. 접는 선을 따라 안쪽으로 한 번 바깥쪽으로 한 번 접어주세요.
3. 풀칠한 후 같은 번호끼리 모퉁이의 색깔을 맞춰 붙여주세요.
4. 요리조리 접거나 펴면서 그림에 나오는 내용을 상상해서 이야기해 보세요.

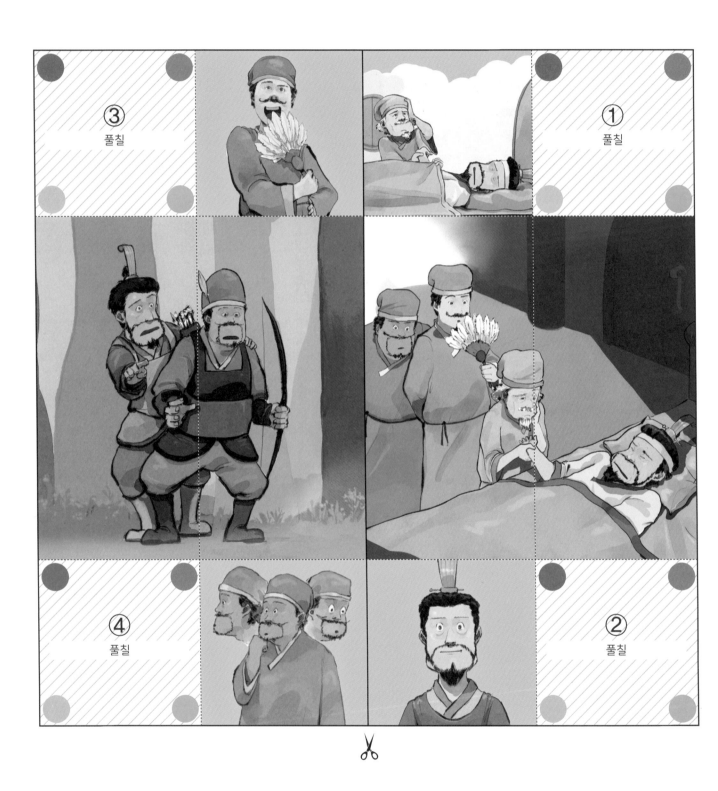

✂ —— 자르는 선
········· 접는 선

# 가리사니 임명장

이름:

직책: 가리사니

위 사람을 이야기나라의 가리사니로 임명합니다.

20⬚⬚⬚년 ⬚⬚⬚월 ⬚⬚⬚일

이야기나라의 가라사대왕

✂ —— 자르는 선
······· 접는 선

# 4장
# 믿음의 펌프

1. 자르는 선을 따라 가위로 오려서 네 조각으로 만들어 주세요.
2. 접는 선을 따라 안쪽으로 한 번 바깥쪽으로 한 번 접어주세요.
3. 풀칠한 후 같은 번호끼리 모퉁이의 색깔을 맞춰 붙여주세요.
4. 요리조리 접거나 펴면서 그림에 나오는 내용을 상상해서 이야기해 보세요.

① 풀칠
② 풀칠
③ 풀칠
④ 풀칠

# 가리사니 임명장

이름: 

직책: 가리사니

위 사람을 이야기나라의 가리사니로 임명합니다.

20　　　년　　　월　　　일

이야기나라의 가라사대왕

## 요지카 1 　　　　낱말등급 ★★☆☆☆

# ㄴ ㅈ

콱 밟으면 ☐☐ 찌그러질 줄 알았어요.

## 요지카 2 　　　　낱말등급 ★☆☆☆☆

# ㅎ ㅉ

녀석이 ☐☐ 두 배로 커졌어요.

## 요지카 3 　　　　낱말등급 ★★★☆☆

# ㅂ ㄹ

☐☐ 소리를 지르면서 괴물을 걷어찼어요.

## 요지카 4 　　　　낱말등급 ★☆☆☆☆

# ㅁ ㅊ

힘과 지혜로 ☐☐ 유명해 졌어요.

## 요지카 5 　　　　낱말등급 ★☆☆☆☆

# ㄱ ㄱ

☐☐ 네 앞길을 망치게 될걸.

## 요지카 6 　　　　낱말등급 ★☆☆☆☆

# ㄱ ㄴ

지금이라도 ☐☐ 내버려 두면 다시 얌전해 질 거야.

## 요지카 7 　　　　낱말등급 ★★★☆☆

# ㅎ ㄲ

몽둥이로 ☐☐ 내리쳤어요.

## 요지카 8 　　　　낱말등급 ★★★☆☆

# ㄱ ㅎ

녀석이 ☐☐ 나한테 대들었어요.

1장 화가 나!　　글자를 색칠해 보아요.

한 번에 가볍게 뛰거나 키가 큰 모양을 나타냅니다.

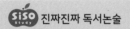 진짜진짜 독서논술

---

1장 화가 나!　　글자를 색칠해 보아요.

몸을 바닥에 대고 낮게 엎드리는 모양을 나타냅니다.

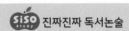 진짜진짜 독서논술

---

1장 화가 나!　　글자를 색칠해 보아요.

다른 것과 견줄 수 없이 매우 굉장하다는 뜻입니다.

진짜진짜 독서논술

---

1장 화가 나!　　글자를 색칠해 보아요.

갑자기 화를 내거나 소리를 지르는 모양을 나타냅니다.

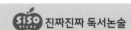 진짜진짜 독서논술

---

1장 화가 나!　　글자를 색칠해 보아요.

있는 그대로 아무 변화가 없다는 뜻입니다.

진짜진짜 독서논술

---

1장 화가 나!　　글자를 색칠해 보아요.

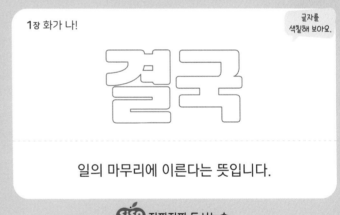

일의 마무리에 이른다는 뜻입니다.

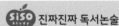 진짜진짜 독서논술

---

1장 화가 나!　　글자를 색칠해 보아요.

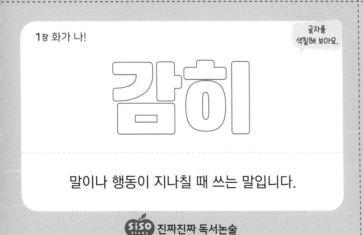

말이나 행동이 지나칠 때 쓰는 말입니다.

진짜진짜 독서논술

---

1장 화가 나!　　글자를 색칠해 보아요.

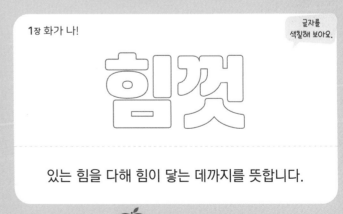

있는 힘을 다해 힘이 닿는 데까지를 뜻합니다.

진짜진짜 독서논술

# ㅁㄷㅁ

늑대가 내 [ ][ ][ ] 의 상처를 보았나 봐요.

# ㅉㄱㅎㄷ

늑대는 제 말에 귀를 [ ][ ] 했어요.

# ㅎㅉㅎㄷ

늑대는 며칠 굶었는지 [ ][ ] 하게 말랐어요.

# ㅇㅌㄹ

농장 [ ][ ][ ] 를 어슬렁거리는 늑대를 만났어요.

# ㅆㅇㅂㅇㄷ

나도 늑대를 보며 [ ][ ][ ] 였답니다.

# ㅇㅇㅇㄷ

전 [ ][ ] 없어서 따져 물었지요.

# ㅂㄹ

늑대가 꼬치꼬치 묻는 [ ][ ] 에 말해 줬지요.

# ㄱㅇㅎㄷ

늑대가 고개를 [ ][ ] 하며 물었어요.

글자를
색칠해 보아요.

# 쫑긋하다

입술이나 귀를 빳빳하게 세우거나
뾰족이 내민다는 뜻입니다.

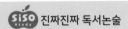 진짜진짜 독서논술

글자를
색칠해 보아요.

# 목덜미

목의 뒷부분이나 그 아래 근처를 뜻합니다.

 진짜진짜 독서논술

글자를
색칠해 보아요.

# 울타리

풀, 나무 등을 엮어서 둘러막는 물건입니다.

진짜진짜 독서논술

글자를
색칠해 보아요.

# 홀쭉하다

몸이 가늘고 길거나 야윈 모습을 뜻합니다.

진짜진짜 독서논술

글자를
색칠해 보아요.

# 어이없다

전혀 생각하지 못한 일이어서 기가 막힌다는 뜻입니다.

진짜진짜 독서논술

글자를
색칠해 보아요.

# 쏘아붙이다

날카로운 말투로 상대에게 공격하듯
말한다는 뜻입니다.

 진짜진짜 독서논술

글자를
색칠해 보아요.

# 갸웃하다

고개나 몸을 한쪽으로 기울이는 모습입니다.

 진짜진짜 독서논술

글자를
색칠해 보아요.

# 바람

뒤에 오는 말의 원인이나 이유를 나타내는 말입니다.

진짜진짜 독서논술

## 요지카 1　　낱말등급 ★★★☆☆

# ㄱㅅㄹㄷ

마음에 □□□ 는 일이 있어서 병이 되었어요.

## 요지카 2　　낱말등급 ★★★★★

# ㅇㅇ

병이 난 임금님을 □□ 이 보살펴 주었어요.

## 요지카 3　　낱말등급 ★★★☆☆

# ㅎㅎㅎㄷ

연못 앞에서 아주 □□ 한 일이 일어났어요.

## 요지카 4　　낱말등급 ★☆☆☆☆

# ㅅㄴㅌ

임금님을 모시고 □□□ 로 가는 길이었어요.

## 요지카 5　　낱말등급 ★★★★☆

# ㅎㄲㅂ

임금님이 □□□ 를 본 것인지 모르겠어요.

## 요지카 6　　낱말등급 ★★★★☆

# ㅇㅈㅇ

도깨비를 보면 나중에 □□□ 이 된다고 합니다.

## 요지카 7　　낱말등급 ★★★☆☆

# ㄴ

또 연못이나 □ 에 사는 도깨비도 있어요.

## 요지카 8　　낱말등급 ★★★★★

# ㄱㄴㅈㄴ

□□□□ 네 말은 도깨비가 없다는 것이냐?

3장 도깨비를 본 임금님

글자를 색칠해 보아요.

**의원**

옛날에 지금의 의사를 이르는 말입니다.

SISO study 진짜진짜 독서논술

3장 도깨비를 본 임금님

글자를 색칠해 보아요.

**거슬리다**

마음에 들지 않거나 기분이 상할 때 쓰는 말입니다.

SISO study 진짜진짜 독서논술

3장 도깨비를 본 임금님

글자를 색칠해 보아요.

**사냥터**

총이나 활로 산이나 들의 짐승을 잡는 곳입니다.

SISO study 진짜진짜 독서논술

3장 도깨비를 본 임금님

글자를 색칠해 보아요.

**희한하다**

매우 드물어서 신기하고 놀라울 때 쓰는 말입니다.

SISO study 진짜진짜 독서논술

3장 도깨비를 본 임금님

글자를 색칠해 보아요.

**왕중왕**

여러 왕 중에서 가장 위대한 왕을 뜻합니다.

SISO study 진짜진짜 독서논술

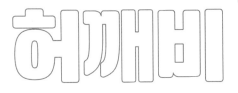

3장 도깨비를 본 임금님

글자를 색칠해 보아요.

**허깨비**

없는데 있는 것처럼 보이는 무엇을 뜻합니다.

SISO study 진짜진짜 독서논술

3장 도깨비를 본 임금님

글자를 색칠해 보아요.

**그나저나**

'그것은 그렇다 치고'라는 뜻으로
이야기를 다른 데로 돌릴 때 쓰는 말입니다.

SISO study 진짜진짜 독서논술

3장 도깨비를 본 임금님

글자를 색칠해 보아요.

**늪**

깊게 파인 진흙 바닥에 물이 많이 고여 있는 곳입니다.

SISO study 진짜진짜 독서논술

## 요지카 1 낱말등급 ★☆☆☆☆

ㅂㅈㅎㄷ

펌프를 움직이는 데 물이 ☐☐ 할 테니까요.

## 요지카 2 낱말등급 ★★☆☆☆

ㄱㅈ

☐☐ 일 년에 한두 명이 지나가요.

## 요지카 3 낱말등급 ★☆☆☆☆

ㅂㄱㅎㄷ

펌프를 ☐☐ 하고는 달려오더라고.

## 요지카 4 낱말등급 ★★★☆☆

ㅁㅇ

나그네는 ☐☐의 펌프에서 물을 길어 마셨어.

## 요지카 5 낱말등급 ★★★☆☆

ㄱㄲ

☐☐ 힘들게 갔는데 물병이 없으면 어떻게 해?

## 요지카 6 낱말등급 ★☆☆☆☆

ㅁㄹ

☐☐ 이십 년 전의 날짜예요.

## 요지카 7 낱말등급 ★★☆☆☆

ㅇㄹ

그 물병을 채워서 ☐☐ 있던 자리에 숨겨 놓으세요.

## 요지카 8 낱말등급 ★★☆☆☆

ㅊㅂㅎㄷ

펌프가 마시고도 남을 ☐☐한 물을 퍼 올려 줄 거예요.

글자를 색칠해 보아요.

아무리 좋고 크게 보려고 해도 별것 아님을 뜻합니다.

**siso** 진짜진짜 독서논술

글자를 색칠해 보아요.

양이나 기준에 미치지 못해 모자랄 때 쓰는 말입니다.

**siso** 진짜진짜 독서논술

글자를 색칠해 보아요.

진실이라고, 옳다고, 사실이라고 여기는 마음입니다.

**siso** 진짜진짜 독서논술

글자를 색칠해 보아요.

아직 찾아내지 못한 것을 찾아낸다는 뜻입니다.

**siso** 진짜진짜 독서논술

글자를 색칠해 보아요.

생각보다 훨씬 많다는 뜻입니다.

**siso** 진짜진짜 독서논술

글자를 색칠해 보아요.

있는 힘을 다하여 애쓴다는 뜻입니다.

**siso** 진짜진짜 독서논술

글자를 색칠해 보아요.

모자라지 않고 넉넉할 때 쓰는 말입니다.

**siso** 진짜진짜 독서논술

글자를 색칠해 보아요.

처음부터, 일의 맨 처음을 뜻합니다.

**siso** 진짜진짜 독서논술

자르는 선

p29

p23    p36

p49     p51

p53

p57

p71    p71

p95      p101